문학과지성 시인선 **398**

겨울 숲으로
몇 발자국 더

이경임 시집

문학과지성사

문학과지성사에서 펴낸 이경임의 시집

부드러운 감옥(1998)

문학과지성 시인선 398
겨울 숲으로 몇 발자국 더

초판 1쇄 발행   2011년 8월 25일
초판 3쇄 발행   2013년 11월 28일

지 은 이 이경임
펴 낸 이 주일우
펴 낸 곳 ㈜문학과지성사

등록번호 제1993-000098호
주   소 121-840 서울 마포구 서교동 395-2
전   화 02)338-7224
팩   스 02)323-4180(편집)   02)338-7221(영업)
전자우편 moonji@moonji.com
홈페이지 www.moonji.com

ⓒ 이경임, 2011. Printed in Seoul, Korea

ISBN 978-89-320-2230-7

문학과지성 시인선 398

겨울 숲으로 몇 발자국 더

이경임

2011

시인의 말

나는 하나이면서 모두에게
연결되어 있는 듯하다.
하나인 나만을 지각했다면
이 시집은 세상 밖으로 걸어 나오지 못했을 것이다.
13년 만에 두번째 시집을 묶는다.
하나인 나는 그저 주저앉아 있었고
예기치 않은 인연들이 이 시집을 지금
이곳까지 데려다주었다.
그 인연들에게 이 시집을 바친다.

2011년
이경임

겨울 숲으로 몇 발자국 더

차례

시인의 말

제3부 생활의 발견

제1부 無의 매혹

봄, 여름, 가을, 겨울

새가 날아갈 때 당신의 숲이 흔들린다

노래하듯이 새를 기다리며 봄이 지나가고
벌서듯이 새를 기다리며 여름이 지나가고

새가 오지 않자
새를 잊은 척 기다리며 가을이 지나가고

그래도 새가 오지 않자
기도하듯이 새를 기다리며 겨울이 지나간다

봄, 여름, 가을, 겨울이 무수히 지나가고

영영 새가 오지 않을 것 같자
당신은 얼음 알갱이들을 달고 이따금씩 빛난다

겨울 저녁이었고 당신의 숲은
은밀하게 비워지고 있었다

하늘

모호한 구름의 모양들과 빛깔들이 나타난다

천둥이 치고 번개가 번쩍이고
우박이 떨어지고 진눈깨비가 녹아내린다

하얀 벽들 같은 안개 속에 갇히고
석양이 붉게 번지는 순간에 홀린다

특별한 순간들이 스며들 때도 있다
반짝이는 포플러 잎사귀들,
차오르는 빛, 깊어지는 어둠,
무지개가 뜨는 기적, 아침놀이 번지는 공간

소낙비가 쏟아지고 가랑비가 흩뿌려질 때
문득 화사한 우산들을 찢어버리고
낯익은 감상주의자와 결별한다

분주한 그물에 걸려 파닥이는 새들을 날려 보내고

공룡들의 발자국이 사라지는 것을 바라본다

신음 소리가 가라앉고 투명한 휘파람 소리가
섬광처럼 스쳐 갈 때

잠시 통증은 고요한 향연
나쁜 꿈이 없는 광활한 물질 속으로 스며든다

반 고흐의 귀

나무는 겨울 들판에 서 있었다
나무는 장신구를 떼어버리듯
사소한 귀들을 떨어뜨렸다
모호한 악기들처럼
나무를 흔들던 잎사귀들이 사라졌다

흔들리는 것들이 너무 많았던 나무는
늘 귀가 아팠다

허공이 흔들리는 잎사귀들로 꽉 채워져서
나무는 아무런 소리도 들을 수 없었다

밤이 되면 세상을 떠돌며 바람이 묻혀온
울음소리들이
나무의 귓속에 소용돌이를 일으키곤 했다

제 몸속의 것이 아닌 울음소리들이
제 울음소리처럼 들릴 때까지

나무는 겨울 들판에 서 있었다

시끄러운 귀들이 죽을 때마다 해바라기가 피고
별이 빛났다
나무는 간신히 한 그루의 텅 빈 귀가 된 것이다

無의 매혹

뒤척이면서 조금씩 깊어진다
불러들였다 쫓아버리면서

어디에든 발자국들이 흩어져 있는 것은 아니다

간략한 미로에서 떠돌다
캄캄하고 텅 빈 은신처 앞에 서면

묘지나 형장의 문턱이 드러난다

몽상에 잠겨 있는 책들처럼 침묵하다
난장판이 되고 신음하는 노파를 낳기도 한다

환한 난롯가에서 졸고 있는 고양이 옆엔
신성한 광맥을 찾지 못한 광부가 서성이고

크리스마스트리 앞에 선 아이의 눈빛은 늙어간다

오랫동안 벽 속에서 방황한 자들은
얼어 죽은 새를 끌어안고 잠들고 싶어 한다

아침의 빛들이 파닥이며 솟구쳐 오를 때
숲은 조금씩 투명해지며 허물어진다

회전문

제 꼬리를 물려고 고양이가 뱅글뱅글 돌고
고양이 꼬리를 닮은 꿈들도 뱅글뱅글 돌고

어지러움은 깊어지고 신비로운 숲은 보이지 않고
머리 위엔 원무에 홀린 비둘기가 떠다니며 파닥이고

이따금씩 문이 열리면 황야의 먼지들이 흩날리고
벽들처럼 닫히는 문 속으로 다시 숨어들고

마지막 순간까지 돌고 있는 인큐베이터 속에서
고양이, 비둘기와 나른한 잠을 즐길까

연인들은 대합실에서
나른한 몽상을 즐기다 사라지고

시곗바늘 끝에 매달려
곡예를 부리는 자들을 쫓아가며
넋을 잃고 손뼉을 치며 뱅글뱅글 돌까

고양이, 비둘기와 평화로운 자장가를 들을까
음울한 장송곡을 들을까

쳇바퀴 돌리는 여흥에서 깨어나 묘지에 꽃을 심을까
묘지에 구멍을 파고 고양이, 비둘기를 묻을까

나갈까 날카로운 빛들에 찔리며
먼지가 꽃처럼 떠다니는 텅 빈 출구를 향해

一生

구름은 목적지 없이 떠내려간다
떠내려가다 가라앉고 다시 떠오르면서

구름은 대합실처럼 붐비다가 텅 빈 항아리가 된다

구름은 도서관
구름은 분실물 보관소

읽지 못한 것들로 채워져 있고
잃어버린 것들로 메워져 있다

구름은 공룡처럼 번성했다 멸종하고
피아노처럼 36개의 검은 혀들과
52개의 하얀 혀들을 갖고 있다

어두운 하늘에 구름이 지워지면 섬광이 스쳐간다

구름은 책들을 파먹고 있는 애벌레들일지도 모른다

구름은 나쁜 꿈을 꾸며 마구간에서 잠들 것이다
껍질을 벗길 때마다 구름은 눈물을 흘린다

비 오는 날

버찌가 익었고 떨어졌고

버찌가 아파트 진입로 보도블록 위에
혈흔처럼 으깨어져 있었고

열매를 떨어뜨린 나무에는
여전히 푸른 잎사귀들이 넘실거렸다

푸른 입술들이 물결쳤다

푸른 입술들 때문에
나무는 아프고 나무는 싱싱하고

입술과 입술이 부딪힐 때마다
버찌는 익고 떨어지고

으깨어진 버찌로 물든 보도블록엔
가끔씩 비가 내렸다

비 오는 날 보도블록 위에는
아무런 몸부림도 남아 있지 않았다
아무런 아우성도 들리지 않았다

꽃씨에 대한 명상

차가운 흙은 부드러운 관의 냄새를 풍기고
어둠은 이제 낡은 담요 같다

햇빛에 입술을 댈 때마다 향기는 흩어지고
그림자들은 새어 나온다

수의를 벗어버릴 때 폭발은 일어나겠지

그렇게 사랑은 시작되지만
모든 문들은 어둠 속에서 다시 닫히고

난해한 흉터 속엔 멈춘 시곗바늘과
째깍거리는 시곗바늘이 돌아간다

전쟁터의 총소리가 정원을 굴러다닐 때
거울 속 분장하는 자의 통증은 늙어가고

허물어진 사원의 모퉁이에서 꽃잎들은 시들어간다

꽃의 죽음이 다시 꽃을 점화시키겠지

재의 향기는 흙 묻은 날개들의 속삭임을 거느리고
마침내 텅 빈 구멍 속으로 빨려 들어간다

축제

눈이 소리 없이 내린다
눈이 징 소리처럼 올라간다

눈이 전위적으로 내린다
광활한 물질처럼

눈이 갓난아기처럼 운다
눈이 영안실 향 피우는 냄새처럼 번진다

눈이 낡아간다
나도 눈처럼 낡아 너덜너덜해진다

남루한 눈이 나의 눈을 찌른다
날카로운 새처럼
뜨거운 불꽃처럼

눈이 머는 줄도 모르고
나는 하염없이 눈을 바라본다

내리는 눈마저 보이지 않을 때까지
올라가는 눈마저 들리지 않을 때까지

눈이 휘파람을 흘리며 도망간다
눈이 외투처럼 나를 감싼다

구멍에 관한 사색

소리 없는 꽃을 벌 떼가 파고들며 잉잉거릴 때

꽃처럼 벌 떼처럼
당신은 침묵하고 잉잉거리고

구멍 없는 벽에 못 한 개가
제 부피만큼의 구멍을 뚫고 벽에 박혀 있을 때

벽처럼 못처럼
당신은 구멍 속에 없고 구멍 속에 있고

당신 속에 박혀 있던 무언가가
낡고 녹슬어서 바닥에 툭, 떨어질 때

당신의 텅 빈 구멍 속에서 투명한 새들은 지저귄다

당신은 소란스럽기도 하고 적막하기도 하고
날아오르기도 하고 곤두박질치기도 한다

사라지는 얼굴

너의 얼굴은 모든 곳에서 문을 열고 사라진다

보이지 않는 바다의 색깔로
닿을 수 없는 부드러운 입술로

너의 얼굴은 모든 곳에서 춤을 추고 사라진다

맡을 수 없는 나뭇잎들의 냄새로
들을 수 없는 벌레들의 울음으로

너의 얼굴은 모든 곳에서 미소 짓고 사라진다

실천할 수 없는 햇살의 공평함으로
책장을 넘기는 손가락들의 율동으로

너의 얼굴은 모든 곳에서 기다리다 사라진다

공원 벤치의 모서리에 매달린 물방울들로
걷어낼 수 없는 어둠으로

길 위에 서서

길 위에 낙엽들이 쌓인다

어스름 저녁에 누군가 싸리 빗자루를 들고
길을 쓸고 있다
길이 긁힐 때마다 길이 천천히 비워진다

허공에서 타올랐던 것들이 내 머릿속에도 쌓인다
길이 긁히는 소리를 낼 때마다
잿더미들도 조금씩 사라진다

길 위에 눈 무덤이 쌓인다

희뿌연 새벽에 누군가 커다란 삽을 들고
눈을 치운다
삽이 지나갈 때마다 길이 천천히 가벼워진다

어둠 속에서 어지럽게 흩날렸던 것들이
내 눈동자 속에도 쌓인다

길이 부딪히는 소리를 낼 때마다
현기증도 조금씩 지워진다

길이 유리 조각들처럼 빛난다
빗자루와 삽을 든 난쟁이들이
맑은 피를 흘린다
핏방울들이 투명한 공기처럼 떠다닌다

잠깐씩

송사리 떼가 잠깐씩 반짝인다
계곡물에 담근 발목에 서늘한 감촉이 지나간다

감촉이 사라진 후 잠깐씩 문이 열린다

이 문은 안으로도, 밖으로도 향해 있지 않다
문은 무한한 곳으로 흘러간다

매미의 울음이 강박관념처럼
나무 위에 들러붙어 있다
어느 날 문득 나무들은 적막함 속에서 물든다

울음이 그친 후 잠깐씩 침묵이 들린다

이 침묵은 비참하지도 유쾌하지도 않다
침묵은 무한한 곳으로 흘러간다

모든 정념을 벗어버린 듯

앙상한 포도나무가 웅크리고 있다
마당에는 하얀 눈썹들처럼 싸락눈이 내린다

동요가 멈춘 후 잠깐씩 춤이 흔들린다

이 춤은 피로한 것도 과장된 것도 아니다
춤은 무한한 곳으로 흘러간다

잠깐씩 그 목소리들을 따라가고 싶었다

네가 없는 곳

그곳은 바다가 아닌 곳
바다의 형식 속에 담겨 있지만
바다에 속하지 않은 곳

그곳에서 오랫동안 항해할 수는 없을 것이다

그곳은 돌고래의 울음소리나 갈매기의 날갯짓이
오래 머무를 수 없는 곳
전함들의 잔해와 사람들의 핏물도
오래 떠다닐 수 없는 곳

그곳은 육지가 아닌 곳
육지의 형식 속에 담겨 있지만
육지에 속하지 않은 곳

그곳에서 오랫동안 나무들을 가꿀 수는 없을 것이다

그곳은 따뜻한 밥을 짓거나 춤을 추거나

떨림 속에서 신을 부를 수 없는 곳
그곳은 보고 싶은 사람들을 기다리거나
유치한 백일몽에 빠져들 수 없는 곳

그곳은 도돌이표를 표지 삼아
밀물과 썰물이 끊임없이 되풀이되는 곳
그곳에서 모든 형상들은 흐물흐물 녹아버린다

그곳에서 오랫동안 달리기를 하거나
성을 쌓을 수는 없을 것이다

그곳에서 살아 있는 것들은
사람들의 말 밖으로 몸을 숨기고
그곳에서 죽은 것들은
물결을 따라 천천히 잊혀간다

제2부 춤추는 시계추

춤추는 시계추

시계추는 오간다
의식과 무의식 사이를
이 시계추는 모자 속에서 춤춘다

이 시계추는 바흐의 음악이다
이 시계추는 감옥이다
이 시계추는 감옥이 아니다

시계추는 도서관과 동물원 사이를 오간다
시계추가 한곳으로만 기울어져 있으면
망가진 것이다

시계추는 미로이거나 마른 나뭇가지이거나
젖은 스펀지이다
시계추는 지루한 통증을 달래준다

나는 시계추처럼 불안할지도 모른다
너는 시계추처럼 일관성 있게 여행을 할 것이다

신성한 식사

사람들은 어둠이 깃드는 묘지에서 식사를 한다
어떤 사람은 식사를 거부하기도 하지만
요리사는 아무도 찾지 않는 병상에서 식사를 한다

오늘의 요리는 옹알이거나 맥락이 없는 문장들이다
오늘의 요리는 옹알이거나
맥락이 없는 문장들이 아니다

요리사는 오늘 일하고 싶지 않다
접시에는 엑스레이 사진 속 백색 물질처럼
요리사가 담겨 있다

음식은 똑같은 어법으로, 똑같은 포즈로 차려진다
앵무새와 마네킹을 안락사시킨다면
요리사는 굶주릴 것이다

식사는 총성이 끊이지 않는 사막이거나
불이 꺼지지 않는 양계장이다

나는 얼어 죽은 요리사를 먹을지도 모른다
너는 쇼윈도 속에 진열된 마네킹들을 먹을 것이다

잃어버린 시간을 찾아서

웃음소리처럼
나뭇잎들은 흔들리고

용수철처럼
새들은 튕겨 오른다

통증 대신
옆구리엔 간지러움

과자 맛이 나는
별빛과 달빛

우루루 몰려다니는 맨발들과
안락의자 같은 잠과 꿈

목적지 없이 달리는 쾌감 속에서
경쾌한 초침 소리를 듣는다

놀자! 놀자! 들썩거리는 하늘

이제 그 창문들은 닫히고

늙은 아이들은
고개를 숙인 채
무너져 내린 하늘을 밟고 간다

바다

바다는 시계 속에서, 너의 눈동자 속에서 출렁인다
바다는 춤, 주저앉음, 드러누움

바다는 뒹굴다가 솟아오른다
오렌지빛 잉크처럼 번지다가 잿빛으로 메마른다

바다는 녹색 능금처럼 매달려 있어
나는 가끔 손을 뻗고
녹색으로 물드는 너의 입술들을 바라본다

바다는 묘지 속의 거품들을, 우울들을 잘게 부수며
투명한 빛 속으로 사라지는 물결의 율동

바다는 통증 속에서
말처럼 달리다가 빈 의자처럼 기다린다

바다는 섬세한 악몽, 무의식, 신기루, 꿈의 해석
용광로처럼 우리의 형상을 녹이고

사슬처럼 우리를 묶어둔다

바다는 혀끝에서 맴도는 밀어들
귓속에서 소용돌이처럼 웅웅거리다
코끝을 스쳐 순식간에 사라진다

우리는 익사자처럼,
때론 바다 물결을 스치며
공중으로 날아오르는 물새처럼
바다에 거주한다

우리의 통증을 잠수함처럼
바닷속에 가라앉혔다 바다 위로 떠올리면서

회전목마

내가 달리고 있다고 확신에 차 있을 때
삶은 눈먼 자의 환희처럼 빛난다

어둠 속에서도 별과 나무 들은 춤추며
사원과 극장과 병원과 공장 들은
한 올의 의심도 없이 유쾌하게 돌아간다

내가 동경하는 종교는
그런 천진스러운 현기증

그러나 달리는 건 나와 목마들이 아니다

멈추지 않는 무심한 의지에 의해
보이지 않는 무자비한 신성에 의해

나의 발밑 거대한 광장이 돌아간다

광장의 붙박이가 되어 나는

기계적으로 솟아오르고 가라앉으며
말발굽들과 함께 일생 동안 삐거덕거린다

달릴 수 없는 목마가 부르는 노랫가락에 맞춰
들썩이며 손을 흔들어댄다

내가 동경할 수 있는 아름다움은
이런 흥겨운 비애

고요히 돌고 있는 하늘을 가리키며
나는 일그러진 웃음의 향기를 내뿜는다

째깍째깍

소금쟁이가 물 표면 위에 붙어
시곗바늘처럼 돌아간다
어떤 소금쟁이는 죽은 듯이 움직이지 않는다
이 소금쟁이는 쉬지 않고 팔다리를 버둥거린다

소금쟁이는 해가 녹아 있는 붉은 수면 위에
희미한 파문을 만든다
소금쟁이는 해가 녹아 있는 붉은 수면 위에
희미한 파문을 만들지 않는다
이 소금쟁이는 생각을 하지 않는다

소금쟁이는 소금의 성분처럼 짠맛이 난다
이 소금쟁이가 가라앉으면 시계는 멈춘다
이 소금쟁이는 통증이거나 물질이거나 눈물이다

나는 거울 속에서
소금쟁이처럼 버둥거릴지도 모른다
너는 버둥거리는 나를 보고

눈물을 흘리며 웃을 것이다
소금쟁이는 째깍째깍
시곗바늘이 돌아가는 심장에 묻힌다

모래시계 속에서

이 놀이는 위쪽 사막이 투명하게 비워지는 동안
아래쪽 사막이 채워진다
어떤 놀이는 비우지도 않고 채우지도 않는다
이 놀이는 뱀처럼 허물을 벗는 놀이이다

이 놀이는 시소처럼 공중과 바닥을 오가는 놀이이다
이 놀이는 시소처럼
공중과 바닥을 오가는 놀이가 아니다
이 놀이는 비참한 놀이가 아니다

모래시계 속엔 목발을 짚고 가는 노인들이 있다
모래시계가 부서진다면 놀이는 끝날 것이다
모래시계는 꽃이거나 솔잎 끝에 맺힌 물방울들이다

낡은 스타킹처럼 뱀의 껍질들이 쌓일지도 모른다
그들은 유리 벽을 주먹으로 탕탕 치며 놀 것이다
모래시계 속엔 말라붙은 나비들이 흘러내린다

수족관

관상용 물고기들은 수족관에서 산다
어떤 물고기들은 바다에서 살기도 하지만
이 수족관은 화려한 파티장이다

수족관은 거울이다
수족관은 거울이 아니다
고깃덩어리는 물속에서 두통을 느끼지 않는다

이 물고기들은 가라앉지 않는 기쁨이다
이 물고기들은 멈추지 않는 사랑이다
이 물고기들이 팔리면 수족관 주인은 돈을 번다
물고기들은 감정이거나 이념이거나 거품이다

나는 형광등과 사료를 더 많이 수집할지도 모른다
너는 바다에 관한 기억을 잊을 것이다
고깃덩어리는 거울 속에서 불안을 느낀다

흙 한 줌

흙 속엔 죽은 것들의 냄새가 묻어 있다
어떤 흙은 냄새를 풍기지 않지만
흙은 죽은 적이 있기 때문에 살아 있다
흙은 온전하게 늙어서 무척 싱싱하다

흙은 묘지를 채우고 있다
흙은 묘지를 채우고 있지 않다
흙은 물질이 아니다

흙은 겨울나무들의 뿌리에 달라붙어 있는 입술이다
흙은 산봉우리보다 높고 폭포보다 더 세차다
흙이 사라지면 숨소리도 들리지 않는다
흙은 차가움이거나 따뜻함이거나 침묵이다

나는 비릿한 흙을 담고 있는 자루일지도 모른다
너는 말랑말랑한 흙에 묻힐 것이다

생각하는 인형

케이크 위엔 장식물들이 꽂혀 있다
어떤 케이크 위엔 촛불만이 켜져 있지만
이 케이크의 이름은 생각하는 인형이다

이 케이크는 사람의 머리 모양처럼 생겼다
이 케이크는 사람의 머리 모양처럼 생기지 않았다
이 케이크는 생각하지 않는다

이 케이크는 팔리기 위해 구워진다
케이크가 팔리지 않으면 케이크 주인은 파산한다
이 케이크는 달콤함이거나 부드러움이거나
촉촉함이다

나의 생각은 장식물처럼 꽂혔다가 뽑힐지도 모른다
너의 생각은 어둠 속에서 빛을 비출 것이다
케이크를 생각할 때마다
케이크는 상한 냄새를 풍긴다

없는 주어

배고픈 사람처럼 모든 책을 읽고 있다
어떤 책들은 읽지 않고 버릴 때도 있지만
지하철을 타고 가며
피로한 눈으로 어둠 속을 응시한다

주어는 똥이다
주어는 똥이 아니다

주어는 한가로운 산책자가 아니다
주어는 큰 소리로 울기도 하고 웃기도 한다

주어는 유행을 좇아간다
유행이 바뀌면 주어는 바뀐다
주어는 불면증 환자이거나
무언극 배우이거나 발작이다

나는 주어를 모자 속에 숨겨놓았는지도 모른다
너는 주어를 찾아 지구를 몇 바퀴 돌 것이다

한 개의 모래 알갱이

여자를 쓰다듬자 모래 알갱이들이 흘러나온다
어떤 여자는 흘릴 모래 알갱이도 없지만
그 여자는 낙타가 잠들어 있는 사막이다

여자는 은밀한 곳이다
여자는 은밀한 곳이 아니다
그 여자는 도살당한 낙타의 꿈이 아니다

여자는 천 개의 눈동자를 갖고 있다
눈을 뜨면 환한 사막이고
눈을 감으면 캄캄한 사막이다
여자는 사막을 걸어가는 시간이거나
신기루이거나 허물어지는 자루이다

나는 해를 찢어버리며 피로한 여행자의
신음 소리를 들을지도 모른다
너는 부활절 종소리를 기억하는 미로들일 것이다
모래 알갱이들이 담겼던 자루 속엔
파리 떼들이 웅웅거린다

조금 떨어진 곳

생선들이 한여름 간이 천막 아래 불려왔다
어떤 생선들은 잡히지 않고 바다에서 살고 있겠지만
생선 장수는 아파트 입구에서
싱싱한 생선들을 팔고 있다

싱싱한 생선들은 한복판에 놓여 있다
싱싱한 생선들은 한복판에 놓여 있지 않다
팔리는 생선들은 죽은 것이 아니다

한복판에서 조금 떨어진 곳엔
썩은 생선들이 놓여 있다
팔리지 않는 생선들 위로
끈끈이 테이프가 걸쳐져 있다
파리 떼가 끈끈이 테이프에 새까맣게 갇혀 있다

한복판의 매매 행위가 끝나면
조금 떨어진 곳의 장례 행위도 끝난다
죽음은 한복판의 소란스러움이거나

조금 떨어진 곳의 기괴한 침묵이다

나는 하얀 관처럼 생긴 아이스박스 속에
누워 있는지도 모른다
너는 팔리는 동안엔
달려드는 파리 떼를 피할 것이다
생선 장수는 달려드는 그 무언가를
조금 떨어진 곳으로 쉬지 않고 유인한다

어느 봄날, 백목련 나무 밑에서

꽃들은 허공에서 진다
어떤 꽃들은 허공을 만지지 못하지만
이 백목련은 합장을 하며 기도하듯 핀다

백목련은 하얀 거품이다
백목련은 하얀 거품이 아니다
백목련은 검은 호수가 아니다

목련은 높은 은신처에 숨어 있다
목련이 늙으면 땅으로 자꾸만 시선이 간다

목련은 한숨이거나 도취이거나 저항이다
목련은 허공에서 땅까지 영겁 회귀하는 물질이다

나는 목련꽃에 담긴 너의 강박관념이다
너는 시들어 땅바닥에 뒹굴기 때문에
다시 꽃을 피울 것이다

고장 난 시계

시곗바늘은 오른쪽으로 돈다
어떤 시곗바늘은 왼쪽으로 돌기도 하지만
이 시계는 의심 없이 돌기 때문에 성실한 노예이다

이 시계는 폐쇄 공포증을 앓고 있다
이 시계는 폐쇄 공포증을 앓고 있지 않다
이 시계는 자신의 울음소리를 듣지 못한다

고장 난 적이 있는 시계는 인간 같다
시계가 망가지면 많은 사람들이 미친다
시계는 오토바이거나 달팽이거나
먹잇감을 노려보고 있는 독수리이다

나는 고장 난 시계인지도 모른다
너는 나에게 새 엔진을 달아줄 것이다

분수대 앞에서

추락은 오랫동안 존중해주어야 할 형식들이다
어떤 추락은 모멸감을 주기도 하지만
이 추락은 날개를 퍼덕였던 흔적이다

추락은 타락이다
추락은 타락이 아니다
추락은 비난받을 만한 행위가 아니다

물방울들은 추락한 적이 있으므로 비상한다
비상은 허공에 피는 꽃잎들이거나
부서지는 새의 통증이다

핏방울들이 심장에서 솟구치면
추방당하는 사람들이 늘어난다
사다리를 타고 올라간 난쟁이들은
사다리를 타고 내려온다

나는 한 번도 작동되지 않았을지도 모른다

너는 허공에서 눈물방울들로
무지개를 드리울 것이다

환청

귓속의 당나귀 떼는 물기둥이다
어떤 당나귀 떼는 불기둥이지만
이 귓속의 당나귀 떼는 소금 기둥이다

당나귀는 공기처럼 가볍다
당나귀는 공기처럼 가볍지 않다
당나귀는 신음 소리가 아니다

이 당나귀는 한겨울의 햇살처럼 달콤하다
이 당나귀가 병이 들면 귀들도 잘린다
이 당나귀는 악몽이거나 음악이거나
고독한 자들의 독백이다

나는 귀를 틀어막고 있는지도 모른다
너는 귓속에 웅크리고 앉아 시를 쓸 것이다
귓속에서는 어둠과 빛이 포옹을 한다

제3부 생활의 발견

마네킹 일기

마네킹들은 비슷한 표정을 짓고 있다
어떤 마네킹들은 얼굴 없이 목만 있지만
이 마네킹은 유행성 독감을 앓고 있다

이 마네킹은 과대망상자이다
이 마네킹은 과대망상자가 아니다

이 마네킹은 피해망상자가 아니다
마네킹은 쇼윈도에 전시될 때 행복한 미소를 짓는다

이 마네킹은 비싼 외투를 입고 있다
마네킹이 고통을 느끼면 마네킹은 폐기 처분된다
마네킹은 명상가이거나 매트릭스이거나
방부 처리된 나비 표본이다

나는 마네킹과 늘 비슷한
통화를 하고 있는지도 모른다
너는 마네킹과 갈등하며 늙어갈 것이다

한 씨네 산양 이야기

산양은 커다란 젖통을 가졌다
어떤 산양은 젖을 짤 수 없겠지만
한 씨네 산양은 푸른 풀을 뜯어 먹고
새까만 똥을 싼다

한 씨네 산양은 생각을 한다
한 씨네 산양은 생각을 하지 않는다

한 씨네 산양은 산양 친구가 없다
한 씨네 산양은 무언가가 빠져버린
허연 자루처럼 보인다

한 씨네 산양은 수돗물 틀어놓은 것처럼
오줌을 싼다
한 씨가 젖을 짜면 한 씨네 산양 젖은 홀쭉해진다
한 씨네 산양은 무심한 눈망울이거나
졸음이거나 아무 일도 일어나지 않는 고독이다

나는 한 씨네 산양처럼 무표정할지도 모른다
너는 한 씨네 산양에게 줄 것이 없어 미안할 것이다

생활의 발견

식물들은 사납게 짖지도
꼬리를 흔들어대지도 않는다
어떤 식물들은 식충의 식욕을 지닌 것도 있지만
이 식물은 식물인간처럼 늙어간다

이 식물은 범죄와 대형 참사와
정치에 관한 기사를 읽는다
이 식물은 범죄와 대형 참사와
정치에 관한 기사를 읽지 않는다
이 식물이 굴종적인 것은 아니다

식물은 힘들 때 자주 죽은 척을 한다
식물이 무의식을 드러내면 혐오의 대상이 된다
식물은 물질이거나 환자이다

나는 식물의 무의식인지도 모른다
너는 식물처럼 살고 싶을 것이다
식물인간은 식물보다 못한 생활을 한다

지네

연화사에 혼자 사는 연꽃 같은 비구니 스님
배고프지 않으려고 스님 되었다는데
복사꽃 흩날리는 어느 봄밤
굵은 오동나무 끌어안고 울었다는데
'엄마, 나 시집보내줘'라며
꺼이꺼이 울었다는데
그 말 듣고 나는 복사꽃만 찾았는데
복사꽃은 보이지 않고
스님처럼 절 뒷마당에 널어놓은 속옷들만 보였다
해 질 무렵 그 속옷들 걷어
방 한구석에 밀쳐놓았는데
그 속에서 시커먼 무엇이 튀어나와
검은 불꽃 춤추듯 벽을 기어 다녔는데
그것 보고 나는 비명 질렀는데
스님은 무심히 에프킬러 뿌렸다
기절한 지네 나무젓가락으로 집어
무심히 마당 밖으로 돌려보냈다

스님 몸속 기어 다녔던 그 무엇을 돌려보내듯

물질처럼

어머니들은 늙는다
어떤 어머니는 젊어서 죽지만
이 어머니는 쭈글쭈글해진 모과이다

늙어가는 모과는 향기롭다
늙어가는 모과는 향기롭지 않다
어머니는 모과가 아니다

새들은 날아간다
어떤 새는 나뭇가지에 깃들지만
이 새는 조롱 속에 갇혀 있다
눈송이가 흩날리면 새의 피도 흩날리고 싶어 한다
새는 발작이거나 상상력이거나 죽음 충동이다

병상엔 신음 소리들이 떠돈다
어떤 병상은 비어 있지만
이 병상에는 가난한 사람들이 누워 있다
나는 이 병상을

햇살이 비치는 웅덩이라고 부를지도 모른다
너는 이 병상을
비 맞는 사구아로 선인장이라고 부를 것이다
통증은 물질처럼 혈관을 타고 흐른다

이상한 공연

공연은 반복된다
어떤 공연은 취소되기도 하지만
이 공연은 새들에 관한 영감을 다루고 있다
배우들은 병원과 감옥의 분위기를 잘 살려내고 있다

반복되는 공연은 낯설다
반복되는 공연은 낯설지 않다
새들은 배우들의 관념 속에 살지 않는다

배우들은 시적인 분위기를 잘 살려내고 있다
배우들은 매춘과 설교를 하고 있다
배우들은 매춘과 설교를 하고 있는 것이 아니다
이 공연이 비참한 것은 아니다

이 공연은 쾌락에 관한 영감을 다루고 있다
쾌락은 반복되는 충동이거나 즐길 수 있는 고통이다

나는 이 대본들을 찢어버릴지도 모른다

너는 나의 대본들을
너의 관념 속에 입력시킬 것이다
배우들이 불안할수록 관람자의 쾌감은 고조된다

식욕에 관한 고민

아이들이 파리 떼를 본다
어떤 아이는 끈끈이 테이프에 들러붙은
파리 떼를 보지 못하고 죽을 수도 있겠지만
이 아이는 건어물 가게 천장에 늘어진
끈끈이 테이프에 갇힌 파리 떼를 보고 있다
높은 곳의 파리 떼는 침묵에 휩싸여 있다

이 끈끈이 테이프는 지옥이다
이 끈끈이 테이프는 지옥이 아니다
이 끈끈이 테이프는 유토피아가 아니다

이 아이는 가판대 위의 건어물들을 탐하는
파리 떼를 보고 있다
낮은 곳의 파리 떼는 끊임없이 웅웅거린다

가게 주인이 파리채를 휘두르면 파리 떼는 흩어진다
파리 떼는 무의식이거나 강박관념이거나
헝그리 정신이다

나는 식욕을 채우고 싶어도 채울 수 없을 것이다,
높은 곳을 탐한 파리 떼처럼
너는 식욕을 채워도 채워지지 않을 것이다,
낮은 곳을 탐한 파리 떼처럼
이 아이는 성찬(聖餐)과 성찬(盛饌) 사이에서
벌어지는 일들을 보고 있다

그 정원에서

검붉은 장미 한 송이 겨울 뜨락에 서 있고
장미의 메마른 입술들 위로
눈발들이 미끄러져 내린다

하얀 혀와 검붉은 혀가 엉키고 있는 관능적인 비애

독한 술처럼 석양이 허공에 번질 때
창밖의 나무들은 붉게 흔들리고

카멜레온처럼, 도마뱀처럼
몸빛을 바꾸고 꼬리를 끊어버리며
우리는 연애를 하고 투병을 한다

종교적이 되거나 치매를 앓으며
머리 위에 떠 있던 별들이
서서히 빛을 잃어가는 것을 본다

빛을 잃어가는 순간은 빛을 찾아가는 순간

비극적인 것도 희극적인 것도 아닌
빛의 순환, 어둠의 순환

한여름 이글거리는 보도블록 사이의 잡초들과
겨울 뜨락의 검붉은 장미 한 송이 속에
우리의 숨결은 떠돈다

아름다움에 대한 떨림이 마비될 때
죽음은 빚쟁이처럼 거만해지고

세계에 대한 응시가 사라지는 순간
연인의 입술도 비루해지지만

우리는 낡아가는 그 정원을 공들여 가꾼다

시들어 사라지지 못하는 장미들과
시들지 않기 위해
소리 없는 아우성을 흘리는 잡초들을 엮어

이중생활

나의 머리는 악몽을 꾸고 있는데
나의 입술은 소리 없는 웃음을 흘린다

착한 아내처럼, 착한 엄마처럼

나의 생활은 사기를 당하고 있는데
나의 눈빛은 순한 개처럼 무심하다

착한 시민처럼, 착한 신도처럼

나의 책들은 소음으로 가득 차 있는데
나의 귀는 아무것도 듣지 않는다

착한 귀머거리처럼, 착한 독자처럼

나의 관심은 식탁으로 쏠려 있는데
나의 상상력은 피아노를 친다

착한 위선자처럼, 착한 예술가처럼

세월

만지려 해도 만져지지 않는
냄새 맡으려 해도 맡아지지 않는
무거운 코끼리 같은 것이 짓누른다

상상의 가시들을 꽂고
들리지 않는 비명을 지르는
미친 고슴도치 같은 것이 달려든다

어둠 속에서 맹목적으로 도주하는 바퀴벌레들이
참을 수 없는 구토이면서
집요한 식욕 같은 것이 몰려다닌다

거울 속에서 흐물흐물 녹아내리는
투명한 눈사람 같은 것이
낡은 광장 같은 것이, 안개 같은 것이 둥둥 떠다닌다

냄새

개미들은 오징어 다리 한 가닥을 만나면 달려든다
어떤 개미는 오징어 다리가 무엇인지 모른 채
생을 마감할 수도 있겠지만
이 개미들은 대합실 바닥에 떨어진
오징어 다리 한 가닥을 끌고 가고 있다

이 개미들은 나 같다
이 개미들은 나 같지 않다
나는 오징어 다리 한 가닥을 끌고 가는 것이 아니다

이 오징어 다리 한 가닥은 비린내를 풍긴다
비린내를 풍기면 삶이 평탄치 않다
죽은 오징어는 삶이거나 죽음이거나
개미 떼를 살아 숨 쉬게 하는 것이다

나는 냄새 때문에 일생을 걸지도 모른다
너는 비린내를 풍기며 나를 유혹할 것이다
끌고 가는 것들과 끌려가는 것은 냄새를 풍긴다

호수

돌팔매질을 당해봐야 영혼에 파문이 생기는 거죠
강아지를 키우거나 나무와 이야기하거나
꽃을 돌보는 건 쉽죠
아무도 만나지 않고 한쪽 구석에 쪼그리고 앉아
책을 읽는 것처럼 그런 것들은 평온해요
양철 지붕에 떨어지는 빗방울 소리처럼
사람을 그리워해봐야 영혼에 파문이 생기는 거죠
사람 때문에 죽고 싶고 사람 때문에 살고 싶어봐야
영혼에 파문이 생기는 거죠
지렁이처럼 땅속을 기어 다녀봐야죠
몽유병 환자처럼 숲 속을 떠돌아다녀봐야죠
뒤집힌 풍뎅이처럼 무덤 속에서 버둥거리다
어둠 속 폭우처럼 울부짖어봐야죠
강가 대나무 잎새들이 휘청거리는 소리와
영안실에서 새어 나오는 웃음소리를 들어봐야죠
연인의 침묵 속에서 미친 벌 떼처럼 웅웅거리는
신기루를 만져봐야죠

그래야 영혼에 파문이 생기는 거죠

부끄러운 원근법

그 공원에 나무 한 그루와 노인 한 명이 서 있다
나무에게 눈길이 더 간다
어떤 노인은 나무보다 멀다

그 골목으로 강아지 한 마리와
어린아이 한 명이 지나간다
강아지에게 마음이 더 끌린다
어떤 어린아이는 강아지보다 멀다

그 지하철역에 노숙자들과 꽃들이 웅크리고 있다
꽃들에게 몸이 더 기운다
어떤 노숙자는 꽃들보다 멀다

그 병상에 낯선 책 한 권과
낯선 환자 한 명이 누워 있다
책에게 손길이 더 간다
어떤 환자는 책보다 멀다

어떤 인간은 물질보다 멀다
어떤 인간은 물질보다 멀지 않다

고독

모든 새들이 날고 있는 것은 아니다
어떤 새는 빗속에 주저앉아 있다
어떤 새는 비를 피해 도망치고 있다

이 새는 비를 바라보며 날고 있지 않다
이 새는 저울에 달 수 없다

이 새는 모르핀 같은 새이다
이 새는 폭탄 같은 새이다

새는 창공 위로 날아다닌다
새는 창공 위로 날아다니지 않는다
이 새는 슬픈 천사가 아니다

이 새는 말랑말랑하다
이 새는 말랑말랑하지 않다

이 새는 얼어붙은 운동장을 서성인다

새의 발가락이 빨갛게 얼면 눈물이 난다
새는 비이거나 언 발가락이거나 도망자이다

나는 둥지 속에서 알을 품고 있을지도 모른다
너는 알을 품고 있는 새에게
먹이를 물어다 나를 것이다

붉은 달리아 꽃들

언제부터인가 한밤중에 잠이 깬다
붉은 달리아 꽃들이 거울 속에 만발한다

무엇인가가 나에게 빨대를 꽂고 있는
환각 한 송이

블랙홀 같은 빨대 속으로
내가 한 모금씩 빨려 들어가는
환각 한 송이

저수지의 금 간 바닥처럼
내가 메말라가는
환각 한 송이

깊이 박힌 빨대를 뽑으려고
안간힘 쓰다 잠이 깨는
환각 한 송이

마른 먼지처럼, 가벼운 재처럼
내가 흩날리는
환각 한 송이

한적한 골목의 가로등처럼
내가 켜졌다 꺼지는
환각 한 송이

나는 붉은 달리아 꽃들이 핀 거울을
깨뜨려버릴지도 모른다
너는 붉은 달리아 꽃다발을 들고
나에게 입맞춤할 것이다
아침이 되면 붉은 꽃들은 크리스털처럼 투명해진다

곡예사

모든 그네는 반복한다
어떤 그네는 궤도를 이탈하지만
이 그네는 곡예사에게 묶여 있다

곡예사는 그네를 버린다
곡예사는 그네를 버리지 않는다
이 곡예사는 그네에게 묶여 있지 않다

그네는 공중을 갖고 있다
그네가 멈추면 키스도 끝난다
그네는 입술이거나 곡예사이거나 환상이다

나는 공중에서 그네를 탈지도 모른다
너는 공중에서 네 그네를 버리고
나와 포개질 것이다
입술과 입술이 닿듯이 그림자와 그림자가 닿는다

환상이 깨져도 곡예사는 백기를 흔들지 않는다

자화상

비 오는 날 보도블록 위에
지렁이 한 마리 숨죽이고 있다

지렁이에게 허락되었던 생은
그의 몸이 썩지 않을 만큼의 어둠과 습기

지렁이에게 허락되었던 생은
일생 흙을 비옥하게 만드는 똥을 싸는 것

미아처럼 떠돌다 햇살에 증발되는 지렁이는
금서(禁書)가 되고

캄캄한 흙 속으로 귀가하는 지렁이는
양서(良書)가 된다

탈출한 지렁이게도, 외출한 지렁이에게도
똑같이 마음이 끌린다

오리

이 오리는 못생긴 주둥이로 말을 많이 한다
이 오리는 못생긴 주둥이로 말을 많이 하지 않는다
이 오리는 자의식에 시달리다 우울증을 앓고 있다

물 밑에서 버둥거리는 물갈퀴를 보면
오리는 엔진이란 생각이 든다
오리는 엔진이거나 자의식이다

나는 습지 위로 날아오를 모험을
두려워할지도 모른다
너는 사육장 속에서 한껏 웅크리고 있을 것이다

벼룩 몇 마리가 오리를 괴롭히면
오리는 무리에서 떨어져
날갯죽지 긁적거리는 포즈를 취한다

오리는 안간힘 쓰는 오리가 싫어진다
오리는 오리를 버릴 수가 없다

동행

트럭 한 대가 돼지들을 싣고 달리고 있다
달리다 보니 내 차가 트럭 뒤를 바짝 쫓고 있다

트럭 속으로 빨려 들어갈 만큼
내 차가 트럭을 쫓고 있다
트럭 속으로 빨려 들어갈 만큼
내 차가 트럭을 쫓고 있지 않다
돼지들은 달리고 있지 않다

돼지들은 똥 더미 속에서 불안해 보인다
돼지들이 허기에 시달리면 쉬지 않고 꿀꿀거린다
트럭은 똥 더미이거나 음악상자이거나 불안이다

나는 도살장을 향해 달리고 있을지도 모른다
너는 소풍이 끝날 때까지 달릴 것이다
집을 향하여 두 대의 차가 정신없이 달린다

제4부 겨울 숲으로 몇 발자국 더

겨울 숲으로 몇 발자국 더

비어 있는 숲들은 장례 행렬 같다
어떤 숲은 유아세례식 같기도 하지만
이 숲은 텅 비어 있으면서
숨이 막힐 듯이 채워져 있다

어둠이 숲을 채우면 이 숲은 무겁다
어둠이 숲을 채우면 이 숲은 무겁지 않다
숲의 형식은 냄새가 나지 않는다

이 숲에는 요염한 여인이 누워 있다
이 숲에는 성자들의 발자국 소리가 들린다
이 숲은 차갑지 않다

빛이 비치면 이 숲은 평화롭다
빛이 비치면 이 숲은 평화롭지 않다
이 숲에는 짐승의 냄새와 신의 체취가 떠돈다

비밀

꽃들은 거대한 진흙에 대해서 생각한다
어떤 꽃들은 진흙을 두려워하지만
이 꽃은 진흙으로 만든 가면을 쓰고 있다
이 꽃은 재의 향기를 흘린다

이 꽃은 물 위에 떠 있다
이 꽃은 물 위에 떠 있지 않다
이 꽃은 진흙 속에 묻은 뿌리를 드러내지 않는다

이 꽃은 진흙으로 빚은 입술이다
이 꽃은 진흙의 아우성이다
이 꽃은 시끄럽지 않다

꽃은 백일몽을 갖고 있다
꽃이 옷을 갈아입으면 눈동자 속에 신기루가 핀다
꽃에게 홀리면 맨발로 묘지를 돌며
유령처럼 춤을 춘다
이 꽃은 축제이거나 형벌이거나 콤플렉스이다

나의 꽃은 방출되는 에너지일지도 모른다
너의 꽃은 서서히 미칠 것이다

길거리에 핀 이름 모를 잡초

잡초들은 커다란 꽃을 피우지 않는다
어떤 잡초들은 차라리 꽃을 피우지 않지만
이 잡초는 가녀린 줄기에 어울리지 않는
큰 꽃을 달고 있다

이 잡초는 관습적이다
이 잡초는 관습적이 아니다

이 잡초의 심연은 눈물이 날 정도로 우스꽝스럽다
이 잡초가 허영을 부리고 있는 것은 아니다

이 잡초는 불치병을 앓고 있다
잡초의 망상이 간절하면
잡초의 목소리는 기괴해진다
잡초는 두통이거나 팜므파탈이거나 노숙자이다

나는 완벽한 세계를 꿈꾸는
불완전한 잡초일지도 모른다
너는 불량한 체계 속에서 소화불량을 앓을 것이다

꿈의 해석

사람들은 옷을 입는다
어떤 사람들은 항상 누드 같은 옷을 사지만
이 사람은 옷에 대해 과대망상을 갖고 있다
이 사람은 밤마다 벌거벗은 임금님 꿈을 꾼다

이 사람의 외투는 명품이다
이 사람의 외투는 명품이 아니다
이 사람의 외투는 따뜻하지 않다

이 사람은 거머리처럼 자신에게 들러붙어 있는
외투를 벗을 수 없다
이 사람이 다른 외투를 선택한다면
그는 다른 사람이 된다
외투는 강박 충동이거나
만장일치로 설계된 함정이거나 몽상이다

나는 거짓말들을 수집해 외투를 만들지도 모른다
너는 대형 천막을 걸친 난쟁이처럼
우스꽝스러울 것이다

죽음에 대한 명상

거미는 공중에서 그물을 만든다
어떤 거미는 돌이나 나무뿌리에 달라붙어 있지만
이 거미는 그물을 만들지 않고
지상을 떠돌며 배회한다

이 거미는 무겁다
이 거미는 무겁지 않다
이 거미는 천부적인 재능을 지닌 배우이다

거미는 꽃 위에 엎드려 먹이를 기다리다가
독액을 뿜기도 한다
거미는 물 위로 걸어 다니기도 한다
거미가 미친 듯이 움직이지 않는다고 해서
나태한 것은 아니다

거미가 일을 하지 않으면 유령들이 신음한다
거미가 죽으면 불안도 시든다
거미는 시든 꽃이거나 공중목욕탕이거나

피할 수 없는 유혹이다

나는 땅속에 구멍을 파고 숨어 있다
밤에만 돌아다니는지도 모른다
너는 뽑은 거미줄을 타고 바람에 날아갈 것이다

봄비

빗방울들은 무겁다
어떤 빗방울들은 꽃잎처럼 부드럽지만
이 빗방울들은 메스처럼 날카롭다

이 빗방울들은 핏방울처럼 무겁지 않다
이 빗방울들은 새끼 고양이의 울음소리처럼
나른하다

비가 캄캄한 늑골 속에서 야옹야옹 내린다
비가 고양이의 하품처럼 빈터를 뒹군다

나는 늑골 속에서 무언가를 도려내야 할지도 모른다
너는 움직이지 않고
늑골 속에 죽은 듯이 붙어 있고 싶을 것이다

빈터에는 싱싱한 것들이 생각 없이 쑥쑥 돋아난다

심연(深淵) 1

기차의 레일과 레일 사이,
잡초 몇 가닥이 팽개쳐 있다

검은 기차들의 날카로운 굉음들이
하루에도 몇 차례씩 잡초들의 머리를 짓뭉개고 간다

사방은 온통 뜨겁게 들끓는 돌밭이다
소나기는 내리지 않는다

아무도 내리지 않는 간이역 입구엔
붉은 칸나들이 황량하게 피어 있다

셀로판지 같은 잡초의 입술들이
찢어질 듯, 찢어질 듯 펄럭인다

심연(深淵) 2

먼지와 신발들과 책들,
참새와 아이들과 금붕어들 그리고
웅덩이 같은 것들과 함께 너는 늙어간다

때로 낡은 장난감 같은 죽음이 벌이는
연극에 초대받는 특별한 저녁이 오면
너는 거울 속 정원에서 검은 장미의 향기를 맡는다

몸을 한껏 웅크리고 흘러가는 장미의 향기들이
검은 웅덩이 위에 어리는 것을 본다

장미의 향기 때문에 너는 웅덩이 속 어둠에
자꾸만 이끌린다

이 웅덩이는 검은 구멍들의 속삭임이다
이 웅덩이는 검은 구멍들의 침묵이다

웅덩이에 몰두할 때 웅덩이는 사라진다

이 웅덩이는 어찌할 수 없는 침잠이다
이 웅덩이는 어찌할 수 없는 침잠이 아니다

이 웅덩이는 싱싱한 묘지들을 갖고 있다
묘지에 누워 뒹굴면 장미의 향기는
빛처럼 활발하다
이 웅덩이는 특별한 저녁이거나
낡은 장난감이거나 익숙한 혼돈이다

나는 검은 입술들을 주워서
투명한 꽃다발을 만들지도 모른다
너는 이해할 수 없는 대본들을 읽으며
유쾌해질 것이다

종착역

모든 사람은 차가운 고깃덩어리처럼
영안실에 놓인다
어떤 사람은 불길 속에서 사라지기도 하겠지만
이 사람은 영화 속에서 달리기를 멈추고
영안실에 누워 있다

이 영화의 제목은 종착역이다
이 영화의 제목은 종착역이 아니다
이 영화의 제목은 낯선 것이 아니다

이 사람이 달리기를 할 때
이 사람의 생각이 초고속으로 스크린에 비친다

냉장고 속 상한 음식들과 유혹하고 싶었던 여자들
전쟁터를 날아가는 총알
지불하지 못한 청구서들과 버려진 신발들
술 취한 사람들의 토사물
망가진 시소

터진 풍선들과 말라붙은 낙타의 눈동자

이 사람의 생각은 데스마스크를 쓰고
고깃덩어리처럼 누워 있다
나무들이 모자 속에 일렬종대로 서 있으면
편두통이 생긴다
이 영화는 고깃덩어리이거나 불길이거나
낯선 것이다

나는 어둠 속 영화관을 가로지르는
검은 고양이의 번뜩이는 눈빛일지도 모른다
너는 The End일 것이다
이 영화의 제목은 달리기이다

잠

흔들의자처럼, 푹신한 소파처럼
감싸는 잠을 나는 잔다

잠 속에 안겨 떠다니는 공기처럼, 수증기처럼
가벼운 물질이 되는 꿈을 나는 꾼다
이 잠은 가볍지 않다

화분 속에 담긴 흙처럼 잠 속에 담겨
통증이 복제되지 않는 고장으로 나는 이주한다

잠이 없는 독서는 암울한 고문실
잠이 없는 여행은 넘쳐나는 병상

고문실과 병실에는 비명 소리와 일그러진 표정들뿐
거울이 피로하면 거울 속에는 괴물들이 넘쳐난다
이 잠은 무겁지 않다

잠을 오래 자면 슬퍼진다

생각이 없어지면 애완동물이 된다

나의 잠은 죽은 것처럼 보이는 육체가 연주하는
쾌활한 음악
너는 잠을 자는 척만 해도 통증을 가라앉힐 것이다
잠은 생각을 회복시키는 키스이다

거울 속의 눈사람

눈사람은 녹는다
어떤 눈사람은 기억 속에서
녹지 않는 박제가 되기도 하지만
이 눈사람은 겨울에만 머무르는 건축물이다

이 눈사람은 케이크처럼 부드럽다
이 눈사람은 케이크처럼 부드럽지 않다
이 눈사람은 달콤하지 않다

이 눈사람은 커다란 거품이다
겨울 햇살이 눈사람을 핥으면
눈사람은 점점 가벼워진다
눈사람을 깊이 사랑하면 눈사람은 조금씩 죽어간다

이 눈사람은 몸에서 눈물이 난다
눈사람은 거품이거나 눈물이거나 겨울 햇살이다

나는 일그러진 얼룩들을 갖고 있는

눈사람일지도 모른다
너는 피를 흘리며
너의 관념들을 서서히 지울 것이다

그 나무 앞에서

그 나무 앞에서 나는 백 살 먹은 노파이다
백 살 먹은 나무가 노파의 과장된 고독에
귀를 기울인다

그 나무 앞에서 나는 태어나지 않은 아기이다
배가 부푼 나무가 자궁 속 태아에게 귓속말을 한다

그 나무 앞에서 나는 임종을 맞는 일꾼이다
나무는 관의 향기를 풍기며 나의 피로를 어루만진다

그 나무 앞에서 나는 맨발의 무희이다
나무는 내 몸속에서 신처럼 춤춘다

나무는 바람이 불 때 온몸으로 흔들린다
나무는 관념이 아니다

나는 바람이 불 때 온몸으로 흔들리지 않는다
나는 실천이 아니다

그 나무 앞에서 나는 구도하는 자이다
그 나무는 나에게 아무것도 구걸하지 않는다

아름다운 연애

세계는 한여름 광장의 낡은 벤치
나는 그곳에 걸쳐진 두꺼운 외투

너무 어울리지 않아
연애밖에 할 것이 없다

내가 너에게 입 맞추는 순간
집의 창문, 종려나무에 흘러내리는 빛,
혹은 서늘하게 반짝이는 침엽수림

나침반도 없이
욕설도 찬사도 없이

입술들을 반죽해서 빵을 굽고
빵을 나누어 주는 것밖에 할 것이 없다

약한 자들과 교활한 자들, 부자와 가난한 사람들
심부름꾼들과 정치가, 성직자와 사기꾼
색정광과 전쟁광과 강박적인 시민들

과학자들과 장사꾼들과 시한부 환자들과
감상주의자들과 염세주의자들
어릿광대들과 유령들과 철학자들
예술가들과 어린아이들과 죽은 사람들이
한 식탁에 둘러앉아 빵을 먹는다

빵은 늘 모자라고
식사는 불평 속에서 끝난다

세계는 한여름 광장의 낡은 벤치
나는 그곳에서 아이스크림처럼 흘러내린다

너무 무력해서
연애밖에 할 것이 없다

내가 너에게 입 맞추는 순간
하얀 비둘기, 뫼비우스의 띠,
혹은 서로를 핥아주는 고래들이 살고 있는 바다

그 순간이 지나가면

그 순간은 말할 수 없는 저녁이다
너무 환하지도 너무 캄캄하지도 않은 어스름이다

그 순간은 부드러운 빵처럼 심장이 부풀어 오르고
먹구름 속을 지나온 하얀 새 떼는
무(無)를 쪼아 먹는다

그 순간은 모래 무덤 속에서
침엽수림의 향기를 맡는다

통증은 무자비한 바퀴이지만
바퀴 밑에서 신음하는 순간에도

너의 얼굴은 달콤하고 따뜻하고
눈동자가 흔들리면 신비로운 창문이 열린다

그 순간은 낙타의 혹같이 솟아오른 비참함 속에서
부활절의 종소리를 듣는다

알고 있다, 거품에 홀린 순간이라는 것을

그 순간이 지나가면
한때 어지러운 빛을 뿜어내던 숨결들은
얼음 알갱이가 되어 빈 손바닥에 뒹굴 것이다

포옹

나는 냄새 맡는다, 너의 생각들을
종이 위의 글자들 같은 너를

나는 파고든다, 너의 살을
부풀어 오른 빵 같은 너를

나는 마신다, 너의 입술을
해골 속에 고여 있는 다디단 빗방울 같은 너를

나는 듣는다, 너의 속삭임을
아침이 되면 더 큰 빛 속으로 사라지는
이슬들 같은 너를

나는 바라본다, 너의 미소를
바구니 속에 담겨 환하게 시들어가는 꽃들 같은 너를

나는 포옹한다, 너의 통증을
먼지 한 움큼 같은 너를

충돌

별들이 충돌한다
작은 별이 큰 별의 중심까지 파고든다

파고드는 순간
신비로운 가스가 우주 공간으로 물 튀듯 퍼져 나간다

격렬함이 가라앉고
합쳐진 두 별에서 난해한 어둠이 생겨난다
이 어둠은 부드럽다

이 어둠은 십만 년에서 천만 년 동안 기다리며
더 깊은 빛이 되고 싶어 한다
이 빛은 잔인하다

별들처럼 충돌한 사람들의 생애가
섬광처럼 휘익 지나간다

나는 한 번도 부딪치지 않았는지도 모른다
너는 꿈속에서 기다리고 있을 것이다

그곳에서

그곳에서 우리는 만난다

새 떼가 날아가는 하늘,
갯벌에 빠진 발바닥을 스치는 바람 속에서

검은 염소들이 묶여 있는 풀밭,
햇살이 핥고 있는 강물의 일렁임 속에서

그곳에서 우리는 만난다

별이 음표처럼 빛나고 어둠이 음악이 되는 곳에서,
낡아가는 책들의 냄새,
가로수들이 물드는 계절 속에서

따뜻한 손들, 흙과 태양과
포도의 향기가 배어 있는 입술 속에서,
가난한 이들의 병상과
박물관에 전시된 화석들 속에서

그곳에서 우리는 우리들의 신이 되고 노예가 된다

요람 속에 담긴 입술들이 익어가는 과수원에서
우리는 허기진 일꾼

관 속에 누운 입술이 건포도처럼 쪼그라드는 동안
우리는 흥겨운 잡담꾼

우리는 들키고도 들키지 않은 척
불장난에 몰두하는 악동들
그곳에서 우리는 우리들의 달콤한 꿈이 되고
통증이 된다

너를 어떻게 사랑할까

비누 거품으로 만들어진 관 속에 누워
구름들을 바라본다
궤도도 창살도 없는데 두려움 속에서
우리는 늙어간다

아카시아 나무의 검은 가시들처럼
음산했던 시간들이 부드러운 꽃잎들을 피워 올리면

너는 공중에서 아카시아 향기를 흩뿌리고

나는 너를 두드리려고 골고루 퍼지는 햇살이 된다
향기 속엔 천 개의 문이 있고
너는 그 문들 속에 숨어 있다

너는 하늘로 오르는 사다리
아름다운 가면을 쓰고 있는
폭력적인 것들에 대한 탐구

너는 과도한 자의식으로 고통받는 시한부 환자

너는 멀미, 따뜻한 밥 그리고 텅 빈 사막

플라타너스 잎사귀에 흘러내리는 빗물처럼
솔잎 끝에 맺혀 있는 빗방울처럼
너의 통증은 내게로 스며든다

때론 짐승의 냄새를 풍기는 통증을 휘발시키려고
나는 까마귀 떼를 이끌고
너를 조장(鳥葬)의 고장으로 데려가기도 한다

우리의 육체를 파먹은 새들이
사막을 가로질러 날아갈 때
우리는 비누 거품도, 구름도 증발된 하늘

우리는 지하에 묻혀 침향이 된 나무들과
지상에 세워져 멍에를 장식하는 나무들과
교감하는 감각

빛은 벽들을 뚫고 캄캄한 심장에 머무른다

바람 한 줄기

바람 속엔 헤아릴 수 없는 냄새와 소리와
얼룩과 소문 들이 있다
높은 산맥을 넘은 후 평지에 도달한 바람 속엔
무(無)가 있다

이 바람은 무겁다
이 바람은 무겁지 않다
이 바람의 몸속엔 한 방울의 물기도 없다

없는 눈물이 가득 차오르면
메마른 나뭇가지에 새순이 돋는다
없는 사랑이 가득 차오르면 바보처럼 자주 웃는다

꽃들은 텅 빈 나무의 엔진이다
겨울이 지나가면 작란(作亂)이 다시 시작된다

바람 속엔 다시 엔진 돌아가는 소리가 그득하고
이 낮은 지상은 신음 소리들로 가득 채워진다

그대 영혼 속에 지네가 살아 있다

정 과 리

시, 허구, 상상, 그것은 언제나, 마리안 무어가 표현했듯,
진짜 두꺼비들이 그 안에 살고 있는 상상정원을 흉내낼 수 없는
방식으로 짓는 문제이다. 그 한 놈을 잡아봐라!
— 세스 노터범Cees Nooteboom, 『유럽을 빼앗기다 *L'enlèvement
de l' Europe*』, Calmann-Levy, 1994, pp.79~80)

지네의 사연

그렇다. 모든 시에는 그놈이 살고 있다. 이경임의 시에
는 더욱더! 시집의 한가운데에 박힌 시에 숨어 살아온 '지
네'가 그놈일지 모른다.

연화사에 혼자 사는 연꽃 같은 비구니 스님

배고프지 않으려고 스님 되었다는데

복사꽃 흩날리는 어느 봄밤

굵은 오동나무 끌어안고 울었다는데

'엄마, 나 시집 보내줘'라며

꺼이꺼이 울었다는데

그 말 듣고 나는 복사꽃만 찾았는데

복사꽃은 보이지 않고

스님처럼 절 뒷마당에 널어놓은 속옷들만 보였다

해 질 무렵 그 속옷들 걷어

방 한구석에 밀쳐놓았는데

그 속에서 시커먼 무엇이 튀어나와

검은 불꽃 춤추듯 벽을 기어 다녔는데

그것 보고 나는 비명 질렀는데

스님은 무심히 에프킬러 뿌렸다

기절한 지네 나무젓가락으로 집어

무심히 마당 밖으로 돌려보냈다

스님 몸속 기어 다녔던 그 무엇을 돌려보내듯

———「지네」 전문

이 시는 세 겹의 의미층을 갖고 있다. 우선, '스님'의 사연. 그는 가난에서 벗어나기 위해 스님이 되었다. 그의 고독은 궁핍의 반대로서의 고독이다. 그것을 강조하기 위해,

126

첫 행에, 일부러 "혼자 사는"이라는 표현이 들어갔다. 이것이 무엇을 의미하는가? 다음, 기대와 현실의 차이. 가난을 벗어나는 길은 하나가 아니다. 어린 소녀는 결혼도 하나의 대안이라고 생각하였다. 그러나 그녀의 '엄마'는 그 길을 택하지 않았다. 소녀는 공서(共棲)를 기대하였는데, 고독에 처해졌다. 거기에 무슨 필연적인 까닭이 있을까? 시만으로는 알 수가 없다. 그러나 시를 통해 알 수 있는 게 있다. 이 기대와 배반은 반복된다는 것이다. 그 반복은 또한 전이이다. 반복이 스님에게서 일어난 게 아니라 '나'에게서 일어났기 때문이다. '나'는 스님의 사연을 듣고, "복사꽃"을 찾았다. 사건의 현장에 추체험적으로 가보고 싶었기 때문이리라. 그러나 "복사꽃은 보이지 않고/스님처럼 절 뒷마당에 널어놓은 속옷들만 보였다." 또한 반복은 증식이다. 배반은 일단 시작되자 사방에서 양태를 달리하며 되풀이된다. '복사꽃' 대신 나타난 '속옷'은 하찮은 것이라기보다 '고독'한 것이다. 그것은 "스님처럼 〔……〕 뒷마당에 널"린 것이다. 이 비유는 실감을 가지고 있다. 스님의 속옷만큼 고독한 것이 어디 있을까? 그 고독한 분위기가 싫었는지, "방 한구석에 밀쳐놓았는데" "그 속에서 시커먼 무엇이 튀어나와/검은 불꽃 춤추듯 벽을 기어다녔"다. 여기에서도 배반이 개입하였다. 예기치 않은 무언가가 나타난 것이다. 이 돌연한 상황에서 나는 비명을 질렀는데, 스님은 "무심히 에프킬러를 뿌렸다." 스님의 행위는 '나'를 무색케 하고 독자를 당황스럽게 한다. 스님이 살생을? 그런데 그건 단순히 기절시키는 일이었을 뿐이다. 스님은 기절한 지네를 "무심히 마당 밖으로 돌려보냈다." 배반과 전이는 거듭 계속된다. 하지만 그 배반의 끝은 환원이다. '돌려보내는' 일이다. 어떤 동일성으로. 최초의 자리로. 첫 행의 진술은 그래서 시사적이다. "연화사에 혼자 사는 연꽃 같은 비구니 스님." 스님은 연꽃이라는 이름을 가진 절에서 혼자 사는 연꽃 같은 비구니다. 장소와 인물이 하나로 수렴되고 있는 것이다. 그 하나는 "혼자 사는"의 '혼자', 그리고 "비구니"와 같은 의미 계열 속에 놓여 있다. 결국 모든 변화의 사건들은 혼자 삶이라는 동일성으로 수렴되며, 그 동일성은 '고독'의 의미를 갖는다.

게다가 우리는 이 동일성으로의 수렴을 변화 그 자체에서도 찾아볼 수 있다. 첫 행의 '연꽃'이, 불교적 전통 속에서, '무구(無垢)함'의 상징임을 우리는 들어 알고 있다. 가령, "연꽃잎에 물방울이 묻지 않듯이, 성인은 보고 배우고 사색한 어떤 것에도 더럽히지 않는다"(『숫타니파타』; 『불교성전』, 동국역경원, 1980, p.180에서 재인용)라든가 "연꽃이 진흙에 더럽히지 않는 것과 같아야 한다"(『사십이장경』; 같은 책, p.256에서 재인용)와 같은 말씀들, 혹은 여덟 화판 연꽃 위에 앉아 있는 부처의 모습이 가리키는 뜻이 그것이다. 그러나 산스크리트어 문학의 전통 속에서 '연꽃'은 오히려 온 세상과 만물의 상징이었다. "그것의 씨앗은 브라흐마 신/그것의 과즙은 대양의 바닷물이오, 과피는 태산 메루/그것의 뿌리는 뱀 중의 왕/그리고 그 잎 봉오리 안의 공간은 드넓이 퍼져나가는 하늘/그것의 화판은 대륙이고, 거기 몰린 꿀벌들은 구름들이며/화분은 천상의 별들이니, 나는, 그 배꼽이 우리 우주의 형상을 그리는 저 연꽃이/그대를 보살펴주기를 기원하나이다"라는 12세기의 한 시가 보여주듯이, "연꽃은 신과 인간들의 세계들 모두를 포괄한다"(Joel P. Brereton, 「연꽃Lotus」, 『종교백과사전*The Encyclopedia of Religion*』, Macmillan Publishing Company, 1989, Tome 9, p.28). 즉 "연꽃은 감각적 미의 상징이자 동시에 초월성 혹은 순결성의 상징이다"(같은 책, p.29). 우리는 첫 행을 이러한 연꽃의 복합성을 통사적으로 전개하고 있는 것으로 읽을 수 있다. 즉, '연꽃'을 감각계의 상징으로 볼 때, '혼자'를 고독, 즉 '공(空)'의 표현으로 본다면, 첫 행은, '색공색공'으로 풀린다. 이 점에 주목하면, 이어지는 시행들의 연속적인 배반 역시, 같은 형식을 갖는 것임을 읽어낼 수 있다. 즉, '시집'→'출가', '복사꽃' → '속옷', '비명' → '무심한 태도', '살생' → '기절시킴', '지네' → '돌아간 지네'의 동일한 변화 구조를 갖는 것이다.

결론적으로 이 시는 '색공색공'으로 이루어진 리듬의 반복적 변주로 이루어진 시다. 변주의 양태로 보자면, 그것은 변화의 연속적인 펼침인데, 변주의 구조로 보자면, 그것은 동일성(고독)과 변화(사건)라는 두 항목이 번갈아 교대하면서, 궁극적으로 동일성의 항목이 전체를 감싸는 형국으로 이루어져 있다. 그 동일성 항목의 최종적 상징이 '연꽃'이다. 그 연꽃은 동일성이되, 앞에서 인용한 진술 그대로, 이중성을 포함하고 있는 동일성의 상징이다.

이제 우리는 시집의 정중앙 자리를 차지하고 있는 「지네」가 일종의 불교나 도교에서 유래한 동양적 정신의 깨달음과 깊은 연관이 있다는 것을 짐작할 수 있다. 그러나 그것뿐일까? 이런 류의 시적 실천들이 저 옛날부터 무수히 있었다는 것을 알고 있지만, 아니, 알고 있으니, 더욱더 우리의 의혹은 커져만 간다. 2011년의 한 여성 시인이 무슨 이유로 이와 같은 시를 썼을까? 이 시는 결국 세상사에 대한 번뇌는 한갓 미망이니, 그에 대한 집착에서 벗어나야 한다는 진리를 새삼 확인하는 것일까? 아니면 콩알 한 쪽에서 우주 전체를 본다는 말씀처럼 '연꽃' 한 송이나 지네 한 마리에서 인간의 마음을 모두 본 것일까?

그러나 그랬더라면 이 시는 차라리 '연꽃'이라는 제목을 달고 있는 게 더 낫지 않았을까? '연화'야말로 이 시의 사연 전체를 농축하고 있는 하나의 단어이니까 말이다. 그러나 아니, 그러니까 '지네'라는 제목은 암시적인 데가 있다. 내용상 연꽃과 지네는 정반대의 존재들이다. 그런데, 연꽃이 세상의 번뇌를 다스린다면, 지네는 번뇌가 돌연 튀어나온 것과 같다. 그 지네를 스님은 무심히 "돌려보냈다"고

화자는 적었고, 우리가 방금 읽은 구조에서도 그것이 기본
구조임을 확인하였다. 시 속의 모든 항목들은 색→공의
순서를 밟는다고 하였다. 그러나 '지네'는 그 구조를 슬쩍
위반하고 있다. 왜냐하면 지네는 우선은 '속옷'에서 나왔
기 때문이다. 즉 '속옷' → '지네' → '기절한 지네'라는 세
항목의 연결로 되어 있다. 이것은 공→색→공의 순서를
이룬다. 이 사소한 차이에 의해 '지네'는 결정적인 것을 환
기한다. 즉 '색'은 '공'에서 나온다는 것 말이다. 다른 항목
들은 대책없는 '색'을 '공'이 다스리는 광경만을 보여준다.
그러나 '지네'는 '공'의 다스림에도 불구하고, '색'이 엄연
히 실존하고 있음을 보여준다. '공'은 '색'을 억누르고 있
을 뿐이다. 그리고 억압된 것은 언제고 현실로 귀환하는
것이다.

  만일 지네에 초점을 맞춘다면, 우리는 이 시가 노리는
것은 동양적 깨달음이 아니라, 오히려 그것의 불완전성을,
그것의 결락을 보여준다는 것을 알 수 있다. 이 시는, 번
뇌에서 벗어나고 욕망을 버리라는 성인의 말씀이 현실에서
적용되기가 얼마나 어려운지를 생각 키울 뿐만 아니라, 더
나아가, 그런 말씀의 무효성을 선언한다.

  이로써 이 시는 좀더 인간적인 특성을 갖게 되었다. 또
한 시적 긴장도, 혹은 우리가 '의미의 태깔'이라고 부를 수
있는 것도 생겨났다. 시는 삶의 본질에 대한 질문으로 골
몰해 있지만, 그러나 그것은 존재의 들끓는 현상들 속에서

만 그러할 뿐이다.

지혜와 욕망이 하나된 격정

지금까지의 이해의 연장 선상에 서면, 시인이 이러한 동양적 지혜, 혹은 종교적 명상을 거부하는 까닭을 비교적 쉽게 알 수가 있다. 그것이 철학적 논쟁이나 인간주의적 태도의 표명 같은 것은 아니다. 문제는 시인이 대면하고 있는 지금, 여기의 현실이다. 우선 영성과 지혜를 찾는 일 반적인 이유는 경쟁과 탐욕의 사회에 대한 환멸 혹은 그에 대한 반성이 요구되기 때문이다. 그런데 오늘날 우리는 욕 망의 분출에 대한 거의 무차별적 허용의 시대를 살고 있다. 이러한 욕망의 정당성은 욕망의 무한성에 대한 신화를 부추 기고 다시 그 신화는 우리의 삶이 영원한 대낮을 구가하고 있다는 환각을 불러 일으킨다. 가령 이런 시를 읽어보자.

생선들이 한여름 간이 천막 아래 불려왔다
어떤 생선들은 잡히지 않고 바다에서 살고 있겠지만
생선 장수는 아파트 입구에서
싱싱한 생선들을 팔고 있다

싱싱한 생선들은 한복판에 놓여 있다

132

싱싱한 생선들은 한복판에 놓여 있지 않다
팔리는 생선들은 죽은 것이 아니다

한복판에서 조금 떨어진 곳엔
썩은 생선들이 놓여 있다
팔리지 않는 생선들 위로
끈끈이 테이프가 걸쳐져 있다
파리 떼가 끈끈이 테이프에 새까맣게 갇혀 있다

한복판의 매매 행위가 끝나면
조금 떨어진 곳의 장례 행위도 끝난다
죽음은 한복판의 소란스러움이거나
조금 떨어진 곳의 기괴한 침묵이다

나는 하얀 관처럼 생긴 아이스박스 속에
누워 있는지도 모른다
너는 팔리는 동안엔
달려드는 파리 떼를 피할 것이다
생선 장수는 달려드는 그 무언가를
조금 떨어진 곳으로 쉬지 않고 유인한다
                    ——「조금 떨어진 곳」전문

싱싱한 생선을 먹고 싶어 하는 마음을 나무랄 이는 아무도 없을 것이다. 그런 즉, 우리의 욕망은 지극히 정당해서 아파트 입구까지 그것이 찾아오도록 한다. 한데, 그 덕분에 우리는 싱싱한 생선만이 있는 건 아니라는 사실을 잊게 된다. 한쪽엔 썩은 생선이 감추어져 있고, 거기에 달려든 파리 떼를 끈끈이가 포박한다. 이 썩은 생선과 파리 떼들은 조만간 처리될 것이다. 그에 대해 어떤 말도 없을 것이다. 그것은 생선 좌판이 펼쳐진 아파트 공터의 '소란스러움'과 대조되어 더 적막하다. 그러나 싱싱한 생선만이 있는 게 아니라 싱싱한 생선만이 있도록 판매자와 구매자가 공모한 것과 마찬가지로, 저 썩은 시체들의 침묵은 "기괴한 침묵"이다. 그것이 환기하는 바가 무엇인가? 우선, 싱싱한 생선만이 있다고 가정할 때, 싱싱한 생선은 "한복판에 놓여 있"지만, 그것이 특정한 조작에 의해 그렇게 된 것일 뿐, 아주 다른 생선들도, 조금 떨어진 곳에, 혹은 그 너머에, 그 너머 너머에 있다고 가정한다면, 싱싱한 생선은 "한복판에 놓여 있지 않다." 인류가 오래도록 지구를 우주의 중심에 놓았다가 태양을 중심에 놓았다가 했지만, 실은 태양계 전체는 '우리 은하'의 서남쪽(편의적인 지도 위에서)의 변방에 위치해 있을 뿐인 것처럼. 이어서, 싱싱한 생선이 보장하는 게 삶의 항구성이라면, 지금 이 한복판의 소란스러움을 구가하는 삶은 사실 '죽음'의 위장일지도 모른다. 우리가 먹는 것은 아무리 싱싱하다 하더라도, 이미 죽은 것들이 아닌가? 다시 이어서, 그렇다면 영생의 음식을 먹으려고 나온 '나' 역시 이미 죽음일지도 모른다. 저 "아이스박스 속에 누워 있는" "싱싱한" 생선처럼, 나의 삶 역시 이미 죽어 있는 '싱싱한 척하는 삶'일지도 모른다. 물론 우리는, 우리의 대리인인 생선 장수를 통해서, 안간힘을 쓰며 "그 무언가를" 자꾸 밀어내고 있다. 일단 발설되면 우리의 생명 공화국을 단번에 붕괴시킬 그 무언가를.

그래서 우리는 자신도 모르는 새에, 대낮의 황홀에서 물러나, 해탈과 깨달음을 구한다. 해서, 영성과 지혜에 대한 갈구로 세상이 다시 들끓는다. 그러나 영성과 지혜에 대한 갈구는 원리상 마음의 안정을 찾을 때에만 도달할 수 있을 것이다. 한데 오늘날 사람들의 갈구는 마음의 격동과 분출을 동반한다. 이 깨달음을 쟁취하고자 하는 격렬한 충동을 어찌할 것인가? 그러니, 영성과 지혜에 대한 갈구라기보다, 그것들에 대한 욕망, 탐욕이기 십상이며, 따라서 그것은 스스로의 이름을 훼손하는 일이 될 것이다. 그러한 사정을 비유적으로 보여주는 시구들을 통해 보자면,

나갈까 날카로운 빛들에 찔리며
먼지가 꽃처럼 떠다니는 텅 빈 출구를 향해
　　　　　　　　　　　　　　—「회전문」 부분

에서처럼 우리는 꽃스런 먼지를 뒤집어쓴 채로,

전쟁터의 총소리가 정원을 굴러다닐 때
거울 속 분장하는 자의 통증은 늙어가고
                    ──「꽃씨에 대한 명상」 부분

이거나,

환한 난롯가에서 졸고 있는 고양이 옆엔
신성한 광맥을 찾지 못한 광부가 서성이고

크리스마스트리 앞에 선 아이의 눈빛은 늙어간다
                    ──「無의 매혹」 부분

에서처럼, 목전에서 "전쟁터의 종소리"가 울려 퍼지는 가
운데 "거울 속 분장하는 자"로 살면서 "신선한 광맥을 찾
지 못"한 채로, 세상의 고통에 무디어져 늙어간다. "크리
스마스트리 앞에 서" 있는다 할지라도 구원을 얻는 게 아
니라, 당연히 제 돈 내고 사는 선물은 있겠지만, 눈에 녹만
낀다. 그렇게 낡으면서도 영성과 초월에 취해, 우리는

눈이 낡아간다
나도 눈처럼 낡아 너덜너덜해진다

남루한 눈이 나의 눈을 찌른다
날카로운 새처럼
뜨거운 불꽃처럼

눈이 머는 줄도 모르고
나는 하염없이 눈을 바라본다 　　　—「축제」 부분

그러니,

내가 달리고 있다고 확신에 차 있을 때
삶은 눈먼 자의 환희처럼 빛난다 　—「회전목마」 부분

　우리는 자신에 대한 맹목을 자기에 대한 '확신'으로 착
각하고, 그것을 절대에 대한 믿음과 억지로 붙여놓는 데
서, 삶의 환희를 극대화하는 자들이다. 이게 오늘날 인간
사회의 더욱 뚜렷해지는 현상 중의 하나라는 걸 부인하기
는 어려울 것이다. 저 이른바 '절대'를 '끝(장)내주는 것'
이라는 이름으로 살짝 바꾸어본다면, 그걸 끝내주게 실감
할 수 있으리라.

명목으로 남은 것

그러나 독자의 눈길이 세태 비판 속에만 머무른다면, '지네'의 행방은 끝내 알 수 없으리라. 지네는 그저 세상의 추악함을 상징하기 위해서만 시의 무대로 난입하지 않았다. 깨달음의 욕망에 의해 억압되었던 그것이 귀환한 데는 깨달음이 한갓 욕망임을 지적하고자 한 것 이상이었을 것이다. 그 무의식이 지네로 현몽하지 않더라도 우리는 방금 본 것처럼 눈앞의 물상들을 가지고 충분히 오늘의 현실을 풍자할 수 있다. 지네에게는 다른 미션이 있는 것이라고 짐작하지 않을 수 없다. 과연, 다음의 시구는 이경임의 시가 일방적인 풍자가 아님을 암시한다.

당신 속에 박혀 있던 무언가가
낡고 녹슬어서 바닥에 툭, 떨어질 때

당신의 텅 빈 구멍 속에서 투명한 새들은 지저귄다

당신은 소란스럽기도 하고 적막하기도 하고
날아오르기도 하고 곤두박질치기도 한다
　　　　　　　　　　—「구멍에 관한 사색」 부분

저 구멍, 아니, 구멍과 동일시되고 있으나 실은 구멍을

138

틀어막고 있었던 것, 그것을 깨달음의 심리적 장소라고 부를 수도 있으리라. 앞에서 보았던 것처럼 그곳은, 혹은 그것은 "낡고 녹슨"다. 그러다 마침내 죽음에 처해진다. 죽음의 순간은 현실과 유리되는 순간이다. 그것이 현실 존재들의 욕망이 농축된 장소라 할지라도 죽음은 현실을 떠난다. 그 욕망이 그곳을 스스로에게 반하게끔 했기 때문이다. 저 강박관념의 장소가 툭, 현실로부터 추락할 때, 문득 그 안에서는 "투명한 새들"이 지저귀고 있다. 그 투명한 새들 앞에서 그 새들의 지저귐을 듣는 "당신은 소란스럽기도 하고 적막하기도 하고/날아오르기도 하고 곤두박질키기도 한다." 독자는 문득 양가성의 그네 위에서 흔들린다. 죽음과 더불어 집착도 사라졌기 때문이 아니라, 집착이 억압하고 있던 것이 출구를 찾았기 때문이다. 그러나 그 안에 갇혀 있던 게 무엇인지는 알 수가 없다. 그 알 수 없음의 상태를 시인은 '투명한'이라는 형용사로 지시한다. 단, 소리로 미루어보건대, 거기에서 무언가가 날아오르고 있다. 혹은 처박히고 있다.

그 '무언가'는 그런데 정말 무엇인가? 「지네」를 다시 상기하자면, "굵은 오동나무 끌어안고 [⋯⋯]/ '엄마, 나 시집 보내줘'라며/꺼이꺼이 울었"던 사건 같은 것이다. 그것을 일반화해서 보통 사람들의 기저 욕망이라 할 수 있을 것이다. 이 기저 욕망들이 영성과 지혜 쪽(스님 되는 길)으로의 선택에 의해서 억압되었다는 건 시가 전하는 사연 그대로다. 그런데 독자는 방금 읽은 시에서, 이 구멍의 현상이, "소란스럽기도 하고 적막하기도 하"다는 것을 읽는다. 소리만이 있는 것이 아니다. 적막하다는 것은 저 구멍이 텅 비어 있다는 것을 가리킨다. 왜 텅 빈 구멍인가? 독자는 다시 앞의 내력을 되짚는다. 앞에서 욕망은 실은 갇혀 있기는커녕 대낮의 밝음 속에서 찬란히 분출하였다. 어떻게 그게 가능했던가? 바로, 욕망을 지혜와 동일시하는, 최소한 가장 가까이 밀착시키는 방법을 통해서. 욕망은 지혜의 탈을 쓰고 "환희처럼 빛"나지만, 그것은 맹목의 환희일 뿐이고, 지혜는 맹목의 환희에 얹혀 낡고 늙어 부스러진다.

시인이 파악한 욕망은 모두 그렇게 '정당한' 욕망으로 변해서 무자비하게 소모되었고, 되고 있다. 그러니 무슨 욕망이 그 구멍 안에 남아 있으랴. 기저 욕망은 모두 분장한 욕망으로 바뀐 것이다. 그러나 동시에 지금 맹목의 환희로 소진되는 저 욕망은 분장된 것, 변질된 것으로서, 당연히 본디의 기저 욕망과는 다른 것이다. 대낮의 세계에서 산화하는 것은 분장된 욕망이지 본디 욕망이 아닌 것이다. 그렇다면 우리는 언어적 논리의 절차를 따라 불가피하게 기저 욕망의 '존재성'을 가정할 수밖에 없게 된다.

물론 현재의 시점에서 기저 욕망은 모두 변형되었다. 즉 기저 욕망은 분장 욕망의 자원으로 쓰임으로써 탕진되었다. 그것은 실질로서는 사라졌다. 그러나 명목은 남는다.

그 명목의 힘에 의해서, 과거에 있었으나 현재에 실종된 것을 미래에 존재케 하려는 싸움이 시작되는 것이다. 그 싸움은 시간 줄기를 둘러싼 싸움이다. '터미네이터'들의 싸움처럼 인류의 사활이 걸린 문제이지만, 영화처럼 치고받는 것으로 해결되는 싸움은 아니다. 「The 4400」의 혼란처럼 어떻게 돌아 나와야 제대로 생존할 수 있는 건지 알기가 극히 어려운 싸움이다.

그 싸움의 시작을 시인은 '감상주의와의 결별'이라는 명제로 세운다.

> 소낙비가 쏟아지고 가랑비가 흩뿌려질 때
> 문득 화사한 우산들을 찢어버리고
> 낯익은 감상주의자와 결별한다　　　——「하늘」부분

"낯익은 감상주의"는 "화사한 우산" 속에서 비를 쳐다보는 일이다. 그것을 비 맞는 것과 혼동하는 것이다. 그러나 이제는 소낙비든 가랑비든 맞아야 하는 것이다. 그런데 시인의 현재는 소낙비든 가랑비든 뿌려지지 않는 것이다. 뿌려진다면, 그것은 "신음 소리가 가라앉고 투명한 휘파람 소리가 섬광처럼 스쳐 갈 때"처럼 "섬광처럼 스쳐 갈" 뿐인 "특별한 순간"이다. 그리고 남는 건 불현듯 몰아치는 통증이다. '아, 그런 게 있었지', 하고 기억하다가 그것의 부재를 확인하면서 갖는 마음의 침몰 같은 것. 그러나 그것을 되살리기 위해, 시인은 오히려 그 통증을 고요히 받아들인다.

잠시 통증은 고요한 향연   —「하늘」 부분

이 된다. 그것은 순간 속에만 존재하는 것을 명목으로만 존재하는 것으로 치환하고, 그 명목에 의해서 미래에 도래할 것의 가능성을 운산하는 기쁨의 시간을 만들어내는 것이다. 명목은 비움이고 동시에 기대다. 왜 비움인가 하면, 현재의 화사한 실존이 추악하기 때문이며, 왜 기대가 될 수 있는가 하면, 현재를 비움으로써만 새 삶의 가능성을 조금씩 다질 수 있기 때문이다. "꽃의 죽음(만)이 다시 꽃을 점화시킬"(「꽃씨에 대한 명상」) 수 있는 것이다.

영영 새가 오지 않을 것 같자
당신은 얼음 알갱이들을 달고 이따금씩 빛난다

겨울 저녁이었고 당신의 숲은
은밀하게 비워지고 있었다
          —「봄, 여름, 가을, 겨울」 부분

같은 시구는 그래서 발성된다. 그 비움 속에서 비워지는 것은 도래할 것을 미리 측정하는 도구가 된다.

나무는 간신히 한 그루의 텅 빈 귀가 된 것이다
—「반 고흐의 귀」부분

'텅 빈 귀'로 변신하는 것이다.

동일 형식의 실험 혹은 의미의 벡터들을 찾아서

명목만으로 남는 것을 비움의 노동으로 바꾸고, '남음'을 또한 기대의 노동으로 바꾸는 행위가 이경임 시의 최종적 지평이라 할 수 있을 것이다. 그런데 비움과 신생은 추상적인 명제로서는 낯선 것이 아니다. 어쨌든 최근의 시인들의 작업으로 보자면. 그런 정신적 실천들에 관해선, 실상 시인들이 철학자들보다도 더 많은 일을 해왔다. 다만 해독하기가 어려웠을 뿐이다. 시인의 무의식적 실천으로서의 시는 시인 자신도 이해하지 못하기 일쑤여서, 시를 해독해내는 번역기가 특별히 존재하지 않는 한, 그 어려움은 고스란히 독자에게도 전이되는 것이다.

그러나 더욱 주목해야 하는 것은 이런 것이다. 이경임의 비움은 비움의 비움, 즉 비움 욕망의 비움, 다시 말해, 비움이 욕망이 된 현 사태에 대한 비움이라는 것을 유념해야 한다는 것 말이다. 때문에 그냥 항아리에 들어 있는 썩은 물을 비워내듯이 비우는 것과는 다를 수밖에 없다. 항아리째 비워야 하는 것이다. 단, 항아리를 깨지 않고서. 그러지 않으면 모든 것은 쏟아져버릴 것이니까 말이다. 그래서 지혜와 욕망의 결합체로서의 대낮의 현존을 함께 걸머지고 돌아갈 수밖에 없는 것이다.

그 형식은 시집의 제2부, '춤추는 시계추'의 첫 시 「신성한 식사」(15/69번째 시)에서 시작해, 제4부, '겨울 숲으로 몇 발자국 더'의 후반부의 「봄비」(62/69번째 시)에까지 이르면서, 중간중간의 사소한 일탈들을 포함해, 한결같이 되풀이되는 형식이다.

제1부, '무(無)의 매혹'은 그 한결같은 형식을 찾아내기 전의 상황 인식과 암중모색처럼 보인다. 그 마지막 시, 「네가 없는 곳」은 그래서 의미심장하게 읽힌다. 첫 행부터 대번에 "그곳은 바다가 아닌 곳/바다의 형식 속에 담겨 있지만 바다에 속하지 않은 곳"이라고 말하고 있는 것이다. 독자가 "항아리째 비워야 하는 것이다. 단 항아리를 깨지 않고서"라고 추론한 것에 맞춤히 조응하고 있지 않은가?

> 그곳은 따뜻한 밥을 짓거나 춤을 추거나
> 떨림 속에서 신을 부를 수 없는 곳
> 그곳은 보고 싶은 사람들을 기다리거나
> 유치한 백일몽에 빠져들 수 없는 곳
>
> 그곳은 도돌이표를 표지 삼아

밀물과 썰물이 끊임없이 되풀이되는 곳
그곳에서 모든 형상들은 흐물흐물 녹아버린다
                        ──「네가 없는 곳」부분

　이런 조건에서의 생존은 유다를 수밖에 없다. 무엇보다
도 "도돌이표를 표지 삼아" 돌아감과 나아감을 되풀이하
면서 나갈 수밖에 없다. 돌아감은 항아리를 보존하고, 나
아감은 항아리째 비운다. 다시 말해, 전자는 현재의 삶의
형식을 보존하고, 후자는 옛날에 망실된 것을 내일의 시간
대에 구축한다. 그것은 쉬운 일이 아니다. 쉬운 일이 아니
기 때문에 현상적으로 그것은 소모적인 방황으로 보이기
십상이다. 그것은 현재적 삶, 대낮의 광휘가 스스로의 소
진 속에서 낡고 늙어가는 것, 그것과 한 모습이다. 아니,
차라리 한 실체이다.
　아마도 그렇기 때문에 시집 안에서, 또한 그 안에 흠들
이 파인 거대한 반점처럼 존재하고 있는 동일 형식의 시편
들은 그에 대한 처방으로 나온 실험 같은 것으로 보인다.
그 실험의 양상을 보기로 하자. 오늘의 해설은 여기까지다.

　시계추는 오간다
　의식과 무의식 사이를
　이 시계추는 모자 속에서 춤춘다

이 시계추는 바흐의 음악이다
이 시계추는 감옥이다
이 시계추는 감옥이 아니다

시계추는 도서관과 동물원 사이를 오간다
시계추가 한 곳으로만 기울어져 있으면
망가진 것이다

시계추는 미로이거나 마른 나뭇가지이거나
젖은 스펀지이다
시계추는 지루한 통증을 달래준다

나는 시계추처럼 불안할지도 모른다
너는 시계추처럼 일관성 있게 여행을 할 것이다
　　　　　　　　　　　　　—「춤추는 시계추」 전문

　이 시는 가장 전형적인 동일 형식을 보여주는 시 중 하나
다. 이 형식은 다음과 같은 세부 형식들로 이루어져 있다.

　(1) 어떤 존재에 대한 소개와 묘사. 이 존재는 시행에
서 주어를 이룬다. 여기에서는 '시계추'가 그 존재다.
　(2) 존재에 대한 정의. 이 정의는 '이다/아니다'의 두
행의 모순어법으로 이루어져 있다. 일반적으로는 모순어

146

법 다음에 제3의 정의를 행하는 문장이 나오지만, 이 시에서는 그것이 앞에 나왔다.

(3) 존재의 현상에 대한 묘사, 판단(혹은 가정), 정의가 연속적으로 이어진다. 이 묘사, 판단, 정의는 (1), (2)에서의 그것들과 다른 양태를 가지고 있다.

(4) 이 존재에 대한 '나'와 '너'의 반응을 순차적으로 보여준다. 이 반응을 통해서 현재의 존재 상황의 전이와 변화가 가능성의 형식으로 열린다.

이 형식을 좀더 풀이해보기로 하자. (1)은 하나의 시의 상황을 조성하고 그 상황의 양태를 보여주는 행위이다. 이 상황은 현실에 대한 일종의 모의인데, 시 안에 가둠으로써 현실을 변화 가능성의 보드 위에 놓는다. 독자는 우선 존재에 대한 지칭과 기본 묘사를 통해, 시인의 삶에 대한 일차적 인식을 이해할 수 있다. 물론 그 이해는 의문을 동반하고 있다. 변화 가능성의 보드 위에 놓는다는 것은 질문을 던진다는 것과 동의어다. 위 시에서 주어는 "시계추"다. 이 시계추가 무엇인지는 첫 행으로는 분명치 않다. 하지만 2, 3행을 마저 읽으면, 그것이 인간의 어떤 강박적 생각을 가리킨다는 것을 알 수가 있다. 그것은 의식의 표면 위로 떠오르려고 하다가 다시 잠수하는 행위를 되풀이한다. 여기에서 "모자"는 머리의 외장 케이스다. "춤춘다"는 것은 말 그대로 의식과 무의식 사이를 오가는 생각의 운동을 표현한 것이다. (2)는 (1)의 현상의 의미를 규정하는 질자다. 이렇게 어떤 생각에 사로잡혀 있는 게 내 삶에 무슨 의미가 있는가? 우선, 그 생각(에 사로잡힘)은 "감옥이다." 왜냐하면 그것은 일상생활을 못 하게 할 것이기 때문이다. 그러나 그 생각은 "감옥이 아니다." 왜냐하면 일상생활 자체가 감옥이기 때문에, 생각에 사로잡히는 것은 오히려 감옥으로부터 탈출을 꾀하는 시도이기 때문이다. 그러나 실상 사태는 그렇게 간단치 않다. 시인은 이어서 제3의 문장을 내놓음으로써 '이다/아니다'의 결정 불가능의 상태를 끊고 새로운 의미의 가능성을 열려고 한다. 가령,

수족관은 거울이다
수족관은 거울이 아니다
고깃덩어리는 물속에서 두통을 느끼지 않는다
——「수족관」 부분

에서처럼 말이다. 그런데 「춤추는 시계추」에서는 그 부분이 결락되어 있다. 대신, '이다/아니다'의 이항 대립 이전에 '시계추'를 규정하는 진술이 먼저 나왔다. 이 진술은 돌발적이다. 그것은 독자로 하여금, 고정관념에서 서둘러 벗어나게 하는 충격 효과를 가지고 있다. 어떤 생각에 사로잡혀 있다고 할 때, 그 생각은 정신을 마비시키는 강박

관념이라는 고정관념 말이다. 혹은 시계추처럼 되풀이되는 것은 판에 박히고 상투적인 것이라는 상투적인 판단에 대한 충격일 수도 있다. 음악은 리듬이고 리듬은 원래 반복이 아닌가? 반복이 판에 박힌 것이긴커녕 천상의 소리를 들려줄 때가 있는 것이다. 그러나 꼭 그것만이라고 말할 수는 없다. 반복은 그 양자 사이에 있다. 이어서 나오는 '이다/아니다'의 대립은 시계추(에 대한 고정관념)/바흐(의 음악)의 대립을 되풀이하는 것이다. 이 되풀이가 필요한 까닭은 그 대립이 앞에서는 숨어 있었기 때문이다. 그것을 '이다/아니다'는 표면화하고 명제화한다. 그 명제화의 의도는 무엇인가? 그것은 '시계추'는, 혹은 삶의 현상 일반은, 의미가 부여될 때만, 혹은 그런 시도에 부응할 때에만 의미 있는 것이 된다,는 점을 일깨워준다. 이 진술은 동어반복인 것 같지만 그 이상이다. 왜냐하면 여기에 와서 의미 있는 것은 존재할 만한 가치가 있는 것이라는 의미를 포개어 받기 때문이다. 그리하여 (3)의 단계로 나아갈 준비가 갖추어지는 것이다.

이제 '시계추'는 어떤 골똘한 생각 자체가 아니라, 그 골똘한 생각에 의미화의 다중적 방향을 부여한 것, 즉 의미의 벡터들이 된다. 골똘한 생각은 그냥 잡념의 덩어리이고, 그것을 해석할 수 있는 가능성은 무한하며, 따라서 전혀 쓸모가 없다. 그런데 그것에 방향이 부여됨으로써, 골똘한 생각은 의미화를 향해 가는 몇 개의 길들로 나누어진다. 그 길들은 유한하다. 선택 가능성 속에, 혹은 확률 속에 놓이는 것이다. 그래야만 그것은 진짜 의미를 가질 수 있다. 인간의 모든 행동은 그렇게 선택 가능성의 집합 안에 묶인 것들로 분별될 때에 존재할 만한 것이 된다. 그러나 그 집합 안에 모인 것들의 스펙트럼은 매우 넓다. 일차적으로는 그것은 두 개의 극단 사이에 위치한다. '시계추'는 "도서관과 동물원 사이를 오간다." 독자는 이것을 두고 "정신 집중과 육체적 탐닉 사이를 오간다"라고 의역할 수도 있을 것이다. 어찌 됐든 시계추는 두 극단 사이를 왕복하는 것이지, 어느 한쪽으로 기울어지는 것이 아니다. 그러나 두 극단 사이에 위치한다고 해서, 모든 의미화가 양극단 쪽으로 쏠리는 것은 아니다. 왜냐하면, 5연의 첫 행이 그대로 가리켜 보여주듯이, 의미화에는 의미되는 내용만 중요한 것이 아니라, 의미화하는 방식들 또한 중요하기 때문이다. 그 의미화하는 방식이 '미로'의 형식을 가지거나, 인디언들이 살펴볼 '마른 나뭇가지'의 모양을 띠거나, 의미화하고자 하는 충동의 과잉을 주체 못 하고 마구 튄 잉크 자국을 빨아들인 '스펀지'의 몰골을 하거나에 따라, 의미 생산의 가능성은 때마다 달라질 것이다. 그래서 이 선택 가능성의 우주 안에 중력은 양극단으로 쏠려 있는 게 아니라 골고루 분포되어 있다. 그렇게 분포되어 있는 선택 가능성의 자리들을 독자는 지적 생명체가 살고 있는(혹은 살 수 있는) 우주 속의 행성들에 비유할 수 있을 것이다.

거기에 서로 간에 전혀 모를 수 있는 아주 이질적인 생명체들이, 아니, 의미체들이 존재할 수 있는 것이다. 그러니 그 행성들 하나하나를 탐사하는 것은, "지루한 통증을 달래줄" 수 있지 않겠는가?

그러나 그렇다 해도, 지루한 통증의 '지루함'이 실제로 사라질 수 있는 것은 아니다. 거기에 조성된 것은 의미의 선택 가능성들의 집합이지, 의미의 집합들이 아니기 때문이다. 따라서 의미 가능성은 확보했으나, 어떤 의미도 확정되지 않았다. 오히려 확정되지 않을 때만 의미 탐사의 운동은 계속 유지될 것이다. 그때 저 끝나지 않는, 끝날 수 없는 운동은 다시 양극단의 방향으로 뻗어 나가는 해석에 의해 조명될 것이다. (4)의 절차가 가리키는 것이 그것이다. 여기에서는 주어가 '시계추'에서 '나'와 '너'로 바뀌었다.

'나'와 '너'는 누구인가? 그 둘은 '시계추'처럼 시 속의 인물이다. 그러나 동시에 이 둘은 '시계추'의 상황을 관조하는 만큼 시의 상황 바깥에 위치할 수 있는 존재들이다. 때문에 '나'는 시의 화자에까지 뻗어 나갈 수 있고, '너'는 시의 독자에까지 뻗어 나갈 수 있다. 그러나 그것은 가능한 결과의 한 양상일 뿐이고, 기본적인 존재 양식은 '바깥에 위치할 수도 있는 시의 상황 내적 존재'이다. 이 '바깥에 위치할' 가능성의 존재가 왜 필요한 것일까? 형태상으로 이 존재의 출현은 시의 상황의 운동 위에 또 하나의 겹을 포개는 것이다. 그래서 시의 상황은 입체화되는데, 결정적인 것은, 이 입체화에 의해서, 시의 상황이 무의미와 의미 사이의 진자 운동으로부터 해석과 실행 사이의 진자 운동으로 이동할 수 있게 되었다는 것이다. 이 차원의 이동이 뜻하는 바를 그대로 가리키는 것이 '나'와 '너'의 가정적 태도이다. 순수하게 수평적 차원에서 보자면, '나'와 '너'의 태도는 '시계추'의 진자 운동을 되풀이한다. 그러나 수직적 차원에서 보자면, '나'와 '너'의 태도는 '시계추'에 대한 관조적 의미화로서 기능한다. 그때, '시계추'의 운동은 '지루함을 달래는 끝없는 의미화의 연속'이라는 의미를 부여받을 것이고, '나'와 '너'는 이 의미화의 연속 자체에 대한 양극의 상반된 해석 사이를 왕복하는 역할을 맡게 된다. 그래서 두 개의 의미 차원은 서로 상대방에게 간섭하여, 운동은 운동—사유가 되고, 해석은 그 자체로서 상황의 실행이 된다.

영혼 속의 지네를 살게 하는 것, 입술이 빵 되는 것

이경임의 형식 실험은 아마 이쯤에서 일단 중단된 것 같다. 독자는 이 실험의 새로움과 절박함을 동시에 보았다. 그 새로움은 그가 지혜와 욕망의 이분법의 어느 한쪽을 선택한 게 아니라, 그 둘의 중첩을 현대사회의 실상으로 보

고, 그 상황의 극복을 모색한 데서 비롯된다. 그러나 그
극복이 지난함을 시인은 동시에 알아차렸다. 그 때문에 그
의 실험은 불가피하게 그가 부정하려고 한 현대사회의 상
황을 등에 업고서 진행될 수밖에 없었으며, 따라서 그의
극복은 가능성이 한껏 위축되었다. 그러나 극복의 의지는
전혀 위축되지 않았다. 왜냐하면, 그 지난함에 대한 각성
을 유도한 게, 바로 그 극복의 의지이기 때문이다. 그 의
지에 의하면, 지혜와 욕망이 맞붙어 있는 상황에서 양자택
일 방식의 감상주의적 해결은 결코 진정한 해답이 되지 못
했던 것이다. 그러나 극복의 의지가 꾸준히 연료를 주입받
지 못했다면 그 인식만으로는 계속 타오르지 못했을 것이
다. 그 의지의 연료로서 기능한 것, 그것이 지혜에 의해
억압되고 욕망에 의해 탕진된 기저 욕망이었다. 그것은 현
대사회의 욕망과 지혜의 통합 때문에 사실상 실종되어, '유
명(唯名)'만으로 지탱되었지만, '실재'를 가정된 상태에서
지탱되었다. 조금 쉬운 말로 바꾸면 그런 태도는, 세상이
전면적으로 타락했다고 생각하는 순간에도, 그것의 정화
가능성 쪽에 내기를 던지는 것이다. 왜냐하면, '타락'이란
용어 자체는 '순결'했던 과거를 전제하기 때문이다. 그러
나 이경임의 시가 행한 또 하나의 새로움은 그 순결했던
기억을 그대로 신뢰해, 과거로 돌아가려고 하지 않았다는
것이다. 그 대신, 그는 그것을 되찾아야 할 것이 아니라
'개발'해야 할 것으로 바꾸었다. 그 변속에 의해서, 이경

임의 시는 기저 욕망의 장소를 미래에 두고 그것을 되살리기 위한 방법을 오로지 시의 운동에서만 찾았는데, 그러려면 시의 운동 자체가 그가 겨냥하는 것의 기미를 확보해야만 했다. 즉 방법과 목적이 분리되면 안 되었던 것이다. 그러한 기본 원칙이, 무의미를 통한 의미화의 실행이라는 1차적 구조로부터 시작해 해석과 실행의 일치성이라는 2차적 구조까지 일관되게 적용되었다. 이 원칙이 여기에서 그칠까? 실은 시의 작업 자체가 그러한 원칙을 관철해야 하는 것이다. 그것을 매우 선명하게 표현하는 게 다음 시구이다.

> 입술들을 반죽해서 빵을 굽고
> 빵을 나누어주는 것밖에 할 것이 없다
> ──「아름다운 연애」 부분

그렇다. 시를 발성하는 입술이 스스로 시가 되어야만 하는 것이다. 이 모습을 두고 엽기적이라고 느낄 사람도 있으리라. 그러나 그건 그 사람이 아름다움에 관한 온갖 스펙타클에 지나치게 세뇌되어 있기 때문이다. 스펙타클의 사회는 가장 빈한한 것에서 가장 화려한 것까지, 가장 아름다운 것에서 가장 추한 것까지 못 보여주는 게 없다. 다만, 보는 자를 위로 거듭 끌어 올리는 기이한 아크로바트를 통해서 그 모든 것을 보여준다. 보는 자는 최고 도수의 볼록거울을 가진 매우 가까운 전망대에 서 있는 자다. 위로 솟아오르든, 아래로 곤두박질치든, 저 아크로바트에서, 언제나 보는 자는 실제의 상황과 차원이 다른 곳에 있다. 그래서 보는 자는 거듭 휩쓸고 분탕질하고 쓰다듬과 아우르고 하는 짓을 되풀이한다. 그 차원의 다름이 야기한 높이의 차이는 미세할수록 더 좋은 것이니, 그곳에 그의 회열이 있는 것이다. 모든 체험의 환상적인 희열은 순간적으로 체험을 바깥으로 밀어내는 방식을 통해서만 만끽된다. 그래서 거기에 최종적으로 재앙이, 고통이, 노동의 극심한 괴로움이 없는 것이다. 이경임의 시가 꾀한 것은 그 정반대였다. 차원의 차이를 분쇄하면서, 그 안에 겹의 차원을 만드는 것. 현존을 겪으면서, 그 겪음을 그 자체로 부재의 도래로 만드는 것이 되어야 했던 것이다.

마지막 췌언으로 이 해설을 끝낸다. 이 해설을 이경임의 시에 참조해 읽는 것으로 만족하지 마시기를 바란다. 오늘의 독자는 이 시집의 구석구석을 다 섭렵한 게 아니다. 거기에 몇몇 도드라진 행성들을 탐사했을 뿐이다. 인류는 이제 겨우 화성에 '스피릿'을 보냈을 뿐이다. 거기에는 로봇이 갔을 뿐 인간은 달 너머로 가지도 못했다. 그런데 오늘의 독자는 몇몇 행성에 직접 발을 디뎌봤으니, 어찌 시간과 공이 소요되지 않았겠는가? 그런다 해도, 미답의 아주 큰 우주 영역이 남아 있다는 것은 엄연한 사실이다. 미래의 독자들이 가야 할 곳은 거기이다. ▨